LA

FEMME DE GLACE

AUTRES ROMANS D'ADOLPHE BELOT

ROMANS ÉCRITS EN COLLABORATION

ADOLPHE BELOT

LA
FEMME DE GLACE

SEPTIÈME ÉDITION

PARIS

E. DENTU, ÉDITEUR

LIBRAIRE DE LA SOCIÉTÉ DES GENS DE LETTRES

PALAIS ROYAL, 15-17-19, GALERIE D'ORLÉANS

—

1878

LA

FEMME DE GLACE

PREMIÈRE PARTIE

I

Henri Vandelle qui, par désœuvrement, suivait assez régulièrement les courses des environs de Paris, sans songer à y compromettre sa fortune, commit l'imprudence, en avril 1875, de s'intéresser à certaine casaque jaune; toque noire, dont la victoire paraissait assurée. Un de ses amis, renseigné par Robert Milton, afficha des pré-

1

férences pour un autre jockey relégué jusque-là au second plan, et un pari s'engagea entre ces deux messieurs, pari des plus primitifs, d'où la question d'argent était écartée : un dîner de dix personnes choisies par le gagnant, au jour et dans le lieu qui lui conviendraient.

La casaque jaune, toque noire, fut bientôt rejointe, dépassée, puis distancée par le favori de Robert Milton, et Vandelle s'entendit condamner à payer sa dette, le soir même, après les courses, dans son appartement de la rue Laffitte. Il dut s'exécuter, retourner promptement à Paris et, grâce au concours du café Riche, improviser un dîner qu'il n'avait pas le temps de commander chez lui.

Vers sept heures et demie, les convives arrivèrent : le vainqueur d'abord, un journaliste bien connu, greffé sur un homme

du monde; A. M., un de ces boursiers qui
ont un pied dans le temple, l'autre dans
les meilleurs salons, et auxquels la fortune,
séduite par leur savoir-vivre, leurs goûts
artistiques, leur esprit parisien et peut-être
leur fidélité à une dynastie tombée, ne
cesse de sourire; Raynal, un avocat à son
aurore, apparenté avec des magistrats assis,
ce qui fait craindre qu'il ne passe au parquet et qu'il ne perde ses côtés fantaisistes;
X..., qui, n'ayant jamais rien fait par lui-
même, vit aux pieds des grands hommes,
se réchauffe à leurs rayons, et s'imagine
qu'il rayonne lui-même. Il est l'ami de toutes les célébrités, le satellite de toutes les
étoiles, l'admirateur passionné de tous les
triomphateurs. S'il vous rencontre dans le
foyer d'un théâtre, il vous prend à part pour
vous dire: « Je viens de chez Alexandre,
il m'a lu sa dernière pièce; très-bien, très-

fort! Victorien m'a communiqué son éloge d'Autran; quelle langue, mon cher, quelle langue! Sarah m'a montré son Exposition; femme étonnante, succès fou! J'ai rencontré Emile, Léon et Victor; ils m'ont fait part de leurs dernières opinions politiques; très-fort, mon cher, très-fort, l'Europe n'a qu'à se bien tenir. »

Vandelle connaissait tous ces messieurs; il leur souhaita la bienvenue et remercia son ami, le journaliste, de les avoir choisis. « Mais, ajouta-t-il, nous ne sommes pas au complet; vous m'aviez annoncé dix convives. — Voici les retardataires, ils arrivent en bloc, par timidité, sans doute, répondit le journaliste. »

En effet, on entendit dans l'antichambre un murmure de voix, des éclats de rire, puis des pas légers, le bruissement de robes qu'on apprête, dont on étale les tratnes avant d'entrer, et la porte du salon s'ouvrit pour donner passage à cinq femmes, en toilette de soirée et d'aspect fort séduisant. Vandelle fronça le sourcil : il ne s'attendait pas à cette irruption féminine dans son domicile privé; quoiqu'il fût garçon, la société qu'on lui imposait pouvait, sans doute lui causer des ennuis. Mais, trop bien élevé pour montrer son mécontentement, trop beau joueur pour hésiter à payer ses dettes, il marcha vers les nouvelles arrivées et leur fit gracieusement les honneurs du salon.

A quelle classe de la société parisienne appartenaient ces dames? Ni au vrai monde, ni aux arts, ni à la bourgeoisie assurément. — Tenaient-elles donc au monde de la galanterie? — Peut-être. — Mais auquel? Ce monde a, comme tous les autres, son aristocratie et sa plèbe. On y salue des reines, on y coudoie des petites gens; comme en politique, on y rencontre des pures et beaucoup d'impures. On y fait du grand et du petit commerce : la vente en gros, prix débattu, fin courant; la vente au détail, au jour le jour, prix fixe. — Les invitées de Vandelle se livraient au grand commerce; c'étaient de grandes indus-trielles, des médaillées. — Faisaient-elles donc alors partie de cette phalange che-vronnée, si fort à la mode sous l'Empire et qui a rempli l'univers du bruit de ses ex-ploits? Se trouvait-on en présence d'Adèle C., toujours séduisante, malgré les prin-temps accumulés sur sa tête adorable; de son amie Fidélité qui, après s'être enrichie au jeu de l'amour, se ruine l'été à Luchon, l'hiver à Monte-Carlo, aux jeux du hasard; de Cora P., célèbre par ses ventes, qui ne sont pas précisément des ventes de charité;

enfin, de Caroline II..., un soleil couchant si réussi qu'on le prendrait pour l'aurore d'une belle journée? — Non, les convives de Vandelle n'avaient rien à voir avec celles qu'un auteur dramatique, irrévérencieux a surnommées la vieille garde. — Fallait-il donc les classer dans la jeune garde? — Elle n'existe pas : les vieilles de la vieille n'ont pas adopté de pupilles, n'ont pas formé d'enfants de troupe; elles mourront comme elles ont vécu, infécondes, sans progéniture. Toutes les grandes courtisanes des vingt années de l'Empire, celles qui ont disparu comme la Barucci, Anna Deslions et tant d'autres, et celles qui survivent à leur gloire, n'ont pas fait école, n'ont pas d'imitatrices.

Nous ne voulons pas dire que Paris soit devenu la ville sainte; mais certaines mœurs se sont entièrement modifiées. Elles

ne s'étalent plus aussi effrontément, elles
tiennent moins de place au théâtre, autour
du lac et à Longchamps. Ces dames ne se
réunissent plus pour former une sorte de
coterie, avec cette devise : « Hors de nous
pas de salut. » C'est-à-dire : « Avec nous
seules on fait de bonnes affaires, on *plume*
en grand. » Elles ne se reçoivent plus entre
elles, pour diner, souper, danser, tailler
des banques de baccarat, s'observer, se
dénigrer, se déchirer, pour se passer aussi
leurs amants, de main en main, et les
dévorer à belles dents réunies, par asso-
ciation, sans qu'il soit jamais permis à la
victime de sortir de ce cercle vicieux.

On ne les voit plus s'étaler au bois, dans
des calèches à huit ressorts, jeter les assiettes
par les fenêtres du Café Anglais, occuper
des appartements de vingt mille francs et
faire parade cyniquement d'un luxe mal

acquis. Elles vivent isolées, ou deux à
deux, dédaignant leurs coréligionnaires,
affichant de ne pas connaître leurs noms.
Elles affectent des mœurs bourgeoises,
préfèrent un coupon de rente à une rivière de diamants, vont souvent à pied,
portent des toilettes simples et de couleur
neutre. Il est surtout de mode, parmi ces
dames, de remplacer les grands appartements somptueux par une simple *garçon-
nière*. La plupart font si peu de bruit qu'on
les connaît à peine. Si quelqu'un demande :
« Quelles sont les *cocottes* à la mode,
où rencontre-t-on la génération nouvelle,
par qui nos anciennes sont-elles rempla-
cées? » le boulevardier le plus expert ne
peut leur répondre; il cherche en vain un
nom en vedette.

Oui, la grande courtisanerie se meurt, et
nous ne saurions lui en vouloir d'avoir

1.

pris ce parti violent. Le temps n'est plus
où ces dames auraient chanté volontiers :
« Je suis une cocotte, une grande cocotte. »
Elles le sont encore, mais elles essayent
de dissimuler leur cocotterie sous des de-
hors austères; le poulailler n'a plus pignon
sur rue. Elles rougissent de leur petite
industrie, et se démarquent en essayant de
se donner un cachet artistique. Les théâ-
tres d'opérettes, si fort à la mode, leur sont
d'un grand secours : avec un filet de voix
à la Renaissance, un faux-filet aux Folies-
Dramatiques, on se glisse dans un chœur,
et le tour est joué; on se croit devenue,
pour le reste de sa vie, collègue de la
Patti, de Nilson ou de Krauss. Il leur arrive aussi d'écrire, ou de se faire écrire, un
petit livre; elles l'impriment à leurs frais
naturellement, l'envoyent à la presse, où
elles trouvent toujours pour vanter leur

style un admirateur de leur beauté et, de femmes de plaisir, elles deviennent femmes de lettres.

Cette aspiration générale, et tout à l'honneur de notre époque, vers un métier avouable, amène aussi d'autres résultats : le véritable artiste, autrefois dédaigné par ces dames, ou du moins relégué au second plan, considéré comme objet de luxe et toujours sacrifié au financier, sort de la pénombre pour vivre en pleine lumière. En parlant de lui, la femme de chambre dit : « Monsieur est venu », et on ne songe pas à le cacher, au premier coup de sonnette, dans une armoire. Il est vrai que l'artiste, le peintre surtout, a fait aussi quelques progrès : il ne porte plus de longs cheveux et des chapeaux en pointe ; il a remplacé la pipe par la cigarette, amasse des économies, indique au besoin les bonnes valeurs de Bourse, fait acheter un objet d'art sur lequel on spécule, et lorsqu'il a la vogue, gagne annuellement cent ou deux cent mille francs. Il mérite donc sa place au soleil, puisque, suivant l'expression argotique, méprisée à bon droit des académiciens, lui-même *il éclaire.*

Et, comme tout s'enchaîne, celle qui se dit artiste et qui vit avec un artiste se croit obligée à une certaine tenue. Sa vie est des plus réglées : elle se lève de bonne heure, pratique l'hydrothérapie, cultive l'altère, monte à cheval dans une allée discrète, est habillée avant midi, élève souvent un enfant vrai ou adoptif, sort avec une dame de compagnie, fait le soir du sentiment, et en toute conscience, car le temps n'est plus où Gavarni disait de ces dames : « L'homme qui les rendra rêveuses pourra se vanter d'être un rude lapin. »

II

Les cinq femmes réunies chez Vandelle, à la suite d'un pari de course, appartenaient à la génération moderne, aux nouvelles couches. C'étaient aussi de grandes dignitaires de la légion galante, mais des dignitaires ignorées, modestes, qui ne portaient pas ostensiblement les insignes de leur grade. L'une d'elles avait seule sa personnalité et un nom connu. C'était une rousse des plus jolies, descendant de la maîtresse de Philippe le Bon, Marie de Cambrugge, en l'honneur de qui, pour éterniser le souvenir de ses magnifiques cheveux roux, fut institué l'ordre de la Toison d'Or. V..., surnommée *la Pudeur* même, à cause de son grand air innocent (quelques bonnes langues disent qu'il ne faut pas s'y fier), est élégante et mince, mais les épaules sont pleines et d'une belle courbe, les attaches fines, la jambe de race, les hanches se dessinent harmonieusement, et Francheschi l'a, dit-on, fait poser... partiellement pour son Isis. La *Pudeur même* est artiste d'instinct et de raison. Elle a voulu se faire une situation et elle l'a conquise, car elle sait vouloir: sur son corps fragile se dresse une petite tête des plus solides. Son imagination fait parfois des bonds désordonnés; mais dans la vie journalière, dans la vie domestique, elle est femme d'ordre et presque femme d'affaires. Elle possède aujourd'hui maison des champs et hôtel de ville; écrit à ses heures, peint sur porcelaine et tire; dans sa villa des bois, à

certaine date, des feux d'artifice politiques.
Laïs et Phryné ne la désavoueraient pas
pour leur fille ; mais peut-être n'en voudrait-
elle pas pour mères : elle rêve de ressembler
aux courtisanes grecques, seulement par
les côtés plastiques et artistiques ; son rêve
se réalise.

Nous ne désignerons ses compagnes que
par des noms de fantaisie : Berthe, qu'on
serait tenté de croire spirituelle, si, comme
on l'affirme, la beauté était l'esprit du
corps. Louise, tête charmante sur un corps
maigre ; aussi l'a-t-on surnommée, en souvenir de la Guimard, le squelette des
grâces. Juliette, habile depuis longtemps
à se tenir entre deux âges, ce qui a fait
dire d'elle : « Elle joue au trente-et-quarante ». Enfin Blanche, une brune électrique
dont le cœur ressemble à un moulin : « Ça
bat et ça tourne. »

III

On s'était mis à table dans une salle à manger du meilleur goût et du plus pur style Louis XIII. Un grand nombre de bougies, plantées sur des candélabres et des torchères en argent, artistement ciselés, éclairaient les convives sans les éblouir. Les vins de Vandelle, tirés de sa cave, une des meilleures de Paris, coulaient à profusion et commençaient à délier les langues les plus discrètes, à surexciter les imaginations rétives à l'épanchement.

— Non, messieurs, disait Louise, je ne comprends pas que les hommes aient la sottise de s'attaquer aux femmes honnêtes : si elles leur résistent, ils en sont pour leurs frais; si elles succombent, elles ne sont plus des femmes honnêtes et ils ont aussi perdu leur temps.

— Tu as beau dire, fit le journaliste, la vertu a du bon, elle repose. Je ne suis pas fâché de faire de temps en temps une petite fugue dans le camp des femmes du monde.

— Oui, oui, nous savons, répliqua V...; on connaît même l'objet de tes préférences. C'est une femme du monde, soit, mais elle a jeté tant de bonnets par dessus les moulins, qu'en les ramassant on pourrait monter un magasin de lingerie.

X... allait répliquer ; Berthe, pour couper court à cette discussion, leva tout à coup son verre en disant :

— A la santé de notre hôte, au bon dîner qu'il nous donne, à ceux qu'il se propose de nous donner encore.

— Surtout à ces derniers, ajouta Blanche.

— Permettez, mesdames et messieurs, fit Vandelle en souriant, buvez au passé si la reconnaissance vous y oblige, mais n'engagez pas l'avenir.

— Tu ne veux donc plus nous inviter? s'écria V... C'est nous faire cruellement sentir que tu payes aujourd'hui une dette de jeu : si la fortune t'avait été favorable, nous ne serions pas ici.

Comme Vandelle ne répliquait rien, on insista auprès de lui pour qu'il expliquât ses paroles. Il hésita quelques instants; mais, comme on le pressait de toutes parts, il finit par déclarer que ce dîner était, en effet, le dernier qu'on devrait à sa munificence.

A peine eut-il fait cet aveu que, de tous les coins de la table, partirent des exclamations.

— Le dernier! pourquoi? comment?

— De quel droit? Il ne s'appartient pas, il appartient à ses amis..

— Se ferait-il trappiste?

— Serait-il ruiné?

— Deviendrait-il un homme sérieux?

— L'usine de ses pères ne marcherait-elle plus?

— Ce n'est pas tout cela, s'écria Blanche, une horrible pensée vient de me trans-percer : Vandelle se marie.

— Lui! c'est impossible.... il n'a pas le droit de nous tromper.

— Il se marie, vous dis-je; que pouvez-vous attendre d'un homme qui cache sa maitresse?

— C'est pourtant vrai, nous ne l'avons jamais vue.

— Regardez-le.... il a rougi. Il baisse la tête, j'ai deviné.

Blanche exagérait : Vandelle, âgé d'une

trentaine d'années, Parisien dans l'âme, viveur émérite, n'était pas homme à se laisser troubler aussi facilement. Il hésitait seulement à faire part d'une détermination qui peut-être l'effrayait, l'épouvantait lui-même, et, au lieu de regarder toutes ces dames avec une hardiesse qu'elles n'avaient jamais songé à lui reprocher, il fermait à moitié les yeux et semblait se recueillir.

Enfin il parut prendre bravement son parti, et, s'accoudant sur la table, le visage dans la paume de ses mains :

— Eh bien oui, dit-il, l'homme n'est pas parfait : je me marie.

Louise se leva, et, avançant son verre :

— Mesdames et messieurs, dit-elle, vous êtes priés d'assister aux convoi, service et enterrement de la folle jeunesse de M. Henri Vandelle, qui décédera incessamment au domicile de M. le Maire,

munie du sacrement de mariage... Buvez
pour elle!

— Buvons pour elle, répétèrent en
chœur tous les convives.

Lorsque les verres furent vides, de nouvelles questions se croisèrent :

— Qui épouses-tu? demanda Berthe.

— Est-ce un mariage d'argent?

— Est-ce un mariage d'amour?

— Est-ce la dame de cœur, dont nous
venons de parler?

Vandelle, décidé sans doute à se taire,
alluma un cigare, se leva et donna des
ordres à son domestique pour qu'on servît
le café.

IV

La conversation n'était plus générale.

L'unité des convives était rompue. On dérangea les fauteuils, on forma de petits groupes aux extrémités de la table ou dans les coins de la salle à manger. Juliette et Louise s'étaient emparées de Raynal et lui disaient d'une voix suppliante :

— Vous nous donnerez, n'est-ce pas, des entrées pour la cour d'assises; nous n'avons jamais vu de criminels.

— Vous n'en verrez jamais, mesdemoiselles, répondait l'avocat d'une voix grave.

— Pourquoi ?

— Parce qu'il n'y en a pas.

Plusieurs personnes se rapprochèrent.

— Comment ! il n'y a pas de criminels ! fit-on. Que dites-vous là ?

Les vins et les liqueurs de Vandelle avaient ému Raynal, les regards de Juliette et de Louise le grisaient, et ses propres paroles allaient l'achever.

— Non, mesdames, disait-il, les criminels sont une invention de la justice... C'est
parce que les juges ont besoin de vivre
qu'il y a des coupables... Les juges n'ont
pas été créés à cause des criminels ; ce
sont les criminels qui furent institués pour
occuper les juges.

— Alors les assassins, les empoisonneurs,
les faussaires ? demandèrent A. M. et le
journaliste qui venaient de se rapprocher.

— Des accidents, messieurs, des circon-
stances malheureuses, de bizarres rencon-
tres... la fatalité... une question de tempérament tout au plus... Il y a des gens qui
n'ont pas de chance... C'est ce que nous nous
efforçons de prouver sans cesse à MM. les
jurés... S'ils nous croyaient, si nous pou-
vions les pénétrer de la conviction qui nous
anime, la société conserverait tous ses
membres.

— Heureusement pour la société que les juges se montrent sourds à vos nobles accents, fit observer la *Pudeur même*, une autoritaire.

Vandelle qui, depuis un instant, se promenait avec agitation sans qu'on prît garde à lui, vint interrompre l'avocat :

— Cette dissertation est très-intéressante, dit-il, mais j'ai des préparatifs à faire, je pars demain.

— Comment ! tu te maries donc en province ? demanda quelqu'un.

— Dans ta fabrique, au milieu de tes machines ?

Vandelle ne répondit pas.

— Est-ce que vous auriez la prétention de nous renvoyer ? fit Berthe.

— Avant le *bac* de rigueur, continua Louise.

— Oui, oui, crièront toutes les femmes, un baccarat !

— Le baccarat des funérailles !

Le maître de la maison comprit qu'il fallait s'exécuter. Il sonna, donna des ordres, et bientôt une grande table de jeu fut dressée dans le salon voisin. Mais, après s'être rendu au désir de ses hôtes, il ne crut pas devoir leur tenir compagnie ; il quitta le salon, passa dans sa chambre à coucher, mit un peu d'ordre dans sa toilette, dit quelques mots à son domestique, et sortit.

En quelques minutes, il eut atteint le boulevard des Italiens et, refusant les cochers de remise qui s'offraient à lui, il se dirigea d'un pas agité vers la rue de Sèze. Au milieu de cette rue, il s'arrêta devant une porte cochère, gravit précipitamment deux étages et sonna.

ne femme de chambre vint lui ouvrir, et

comme sans lui parler, il allait pénétrer dans l'appartement, il fut arrêté par ces mots :

— Monsieur sait sans doute que Madame n'y est pas?

— Madame n'y est pas? répéta Vandelle en pâlissant. Que dites-vous là ?... Quand est-elle sortie ?

— Il y a une demi-heure à peine ; j'ai compris que Madame se rendait chez Monsieur.

— Que ne le disiez-vous tout de suite ! s'écria Vandelle, à qui ses couleurs revinrent.

Il descendit l'escalier et reprit le chemin de sa demeure.

— Ah ! murmurait-il en route, je l'aime encore plus que je ne croyais... et cependant...

Tout à coup, il se souvint de la société un peu mêlée qu'il avait laissée dans son

salon et qu'on pouvait y rencontrer. Effrayé,
il prit une voiture et se fit conduire rapide-
ment chez lui.

V

Tous les hôtes de Vandelle ne s'étaient
pas assis autour de la table de baccarat;
A. M., Raynal l'avocat, V..., et Blanche,
causaient dans un coin du salon.

— Je vous dénonce A. M., disait Blanche; il connait la maitresse de Vandelle, et
il refuse de s'expliquer sur son compte.

Le boursier essaya de se défendre, mais
deux jolis bras l'enlacèrent en même temps
qu'on murmurait ces mots à son oreille :

— Voyons, que craignez-vous? Quel tort

ferez-vous à cette dame, puisqu'on l'épouse, puisque la situation sera bientôt légitimée? Il n'y a plus de mystère... soulagez-vous, ce secret doit vous peser depuis longtemps.

— Veux-tu que je t'aide? fit V... en se penchant vers lui. Je suis sur une piste, et je gagerais que c'est la bonne.

— Voyons la piste, fit-on en chœur.

— Vous rappelez-vous cette étrangère? une Portugaise, je crois... Elle avait une fille qui lui ressemblait d'une façon étonnante... Tout le monde les remarquait... On les rencontrait partout... au bois, aux courses, au théâtre, aux bains de mer.

— Pâles, brunes, des yeux étranges, des toilettes un peu voyantes.

— C'est cela... Tout leur était bon pour se singulariser. L'une d'elles, la plus jeune, ne paria-t-elle pas, un jour, de faire son cheval remonter à reculons l'avenue des

Champs-Elysées! Arrivé au rond-point, l'animal, qui s'était jusque-là plié à tous les caprices, refuse d'avancer ou plutôt de reculer. L'amazone lutte d'abord avec douceur, puis la colère la gagne, et, tout à coup, s'armant d'un petit pistolet qu'elle portait toujours à son corsage, elle fait feu sur son cheval, l'atteint et roule avec lui dans la poussière.

— Tiens! tiens! c'est crâne.

— Pauvre cheval! murmura Raynal, qui avait l'ivresse tendre.

— L'histoire ne m'étonne pas, reprit Blanche, je lui ai vu faire bien d'autres excentricités aux bains de mer... Elle nageait toujours de l'avant, sans s'occuper du retour, et il fallait la repêcher au moins une fois par semaine.

— Rien ne l'effrayait, continua V... Un jour, elle part de Luchon pour le port de

2.

Venasque, ascension déjà fort respectable,
vous le savez. Mais elle déjeune, suivant
l'usage, près d'un glacier; elle se grise de
champagne et de grand air, et, au moment
du retour, elle déclare qu'elle veut gravir
la Maladetta, une montagne superbe,
mais presque inaccessible. On lui fait des
observations, sa mère la supplie de renoncer à son projet; rien ne la touche, et elle
se met en route avec des guides, séduits par
ses largesses. Le lendemain, pas de nouvelles — inquiétudes extrêmes — désespoir
de la mère — recherches de tous côtés. —
On la trouve enfin, à moitié morte de
froid, devant un glacier, qu'elle ne voulait
pas quitter et qu'elle s'obstinait toujours
à franchir.

— Drôle de typo, s'écria Raynal.

— Attendez donc, continua V..., mes
souvenirs me reviennent, la mère s'appe-

lait Mme Sandraz, et la fille... Esther.

— Il y a deux ans qu'on ne les aperçoit nulle part.

— Mme Sandraz est morte... et Mlle Esther doit être retournée en Portugal, fit A. M.

— Erreur! reprit V..., l'Esther en question est à Paris... Elle demeure dans le quartier de la Madeleine, et elle est la maîtresse de Vandelle.

— Comment le sais-tu?

— Mille indices plus concluants les uns que les autres.

— Je préférerais entendre A. M..., fit observer Raynal, puisqu'il semble avoir connu celle dont nous parlons.

— A. M. a la parole.

— Que voulez-vous que je vous dise?

— Qu'est-ce que c'est au juste que Mlle Esther?

— Une honnête fille, d'abord.

— Une honnête fille qui a un amant?

— Elle n'en a qu'un, et elle l'épouse.

— Elle a de la chance, celle-là.

— De n'avoir qu'un amant?

— Non, de l'épouser.

— Et qu'est-ce que c'était que Mᵐᵉ Sandraz? demanda Raynal.

— Une Portugaise, comme le disait V...,
veuve d'un Français établi à Lisbonne; elle
s'était fixée en France après la mort de son
mari... Une charmante femme un peu
exaltée, qui n'avait qu'une idée en tête :
marier sa fille... C'est pour cela qu'elle
était venue en France, comptant sur la
beauté, sur l'étrangeté d'Esther, et sur les
Parisiens, qui passent pour des hommes
de goût... Elle n'avait qu'un petit capital,
et, risquant le tout pour le tout, elle dépen-
sait sans trop compter pour faire figure et

produire Esther, toujours en quête du gen-
dre, prince ou millionnaire, qui devait lui
rembourser les frais d'exhibition, avec
usure... Elle est morte à la peine, laissant
sa fille sur le pavé de Paris, où Vandelle
l'a ramassée.

— Je crois que bien d'autres se fussent
baissés pour en faire autant, risqua le jeune
avocat.

— Pourquoi ne nous l'a-t-il pas présentée? demanda Blanche.

— Je ne sais comment vous dire cela sans
blesser votre modestie, répliqua A. M...
mais vous n'êtes pas tout à fait du même
monde.

— Tiens! qu'est-ce qu'elle a donc de plus
que nous?

— De plus que vous, rien assurément,
répondit le boursier, seulement elle a peut-
être en moins...

Heureusement pour l'amour-propre de ces dames que Raynal, toujours gris, se précipita, tête baissée, dans la conversation.

— C'est une question de quantité qu'on vient de soulever, cria-t-il, sans trop savoir ce qu'il disait. Cela n'a rien d'offensant pour vous, mesdames : qui peut le plus peut le moins,.. C'est un axiome de droit, *jus romanum...* Je soutiendrai cette thèse quand on voudra, je la ferai triompher devant le jury.

— En êtes-vous bien sûr? demanda V...

— Je prie le ministère public de ne pas m'interrompre, l'accusation me répondra.

— Bravo! bravo!

— Il lui faut une robe.

— Une toque.

— Un rabat.

Et, joignant l'action à la parole, on cos-

tuma en un instant l'orateur avec un châle
noir, une toque de femme et un rabat en
papier.

— Et le verre d'eau traditionnel, fit
Blanche en plaçant un verre devant lui.

— Vous confondez, fit observer Raynal,
le banc des avocats avec la tribune légis-
lative... N'importe, je bois.

— Il est absolument gris, dit Blanche à
l'oreille de V..., il ne s'aperçoit pas que
son verre d'eau est un verre de kirsch.

Raynal, debout devant un fauteuil, les
bras appuyés sur le dossier, avait repris
en ces termes :

— De quoi s'agit-il? Du nombre d'amants
qu'ont pu avoir ces demoiselles... Eh bien!
voudriez-vous leur faire un crime de leurs
succès?... Prétendez-vous faire tourner à
leur confusion l'éclat de leurs triomphes?...
A l'inverse de ces grands capitaines dont

l'histoire célèbre les prouesses, la beauté perdrait-elle son prestige en raison du nombre de ses conquêtes?... Ce serait inique, ce serait monstrueux, et si un pareil système pouvait prévaloir devant la Cour, je déclare... je déclare... je déclare...

— Que déclarez-vous?

L'orateur ne put continuer : l'émotion ou le kirsch lui coupèrent la parole; il étendit les bras et s'affaissa sur un siége qu'on avait prudemment placé derrière lui.

VI

Cette plaidoirie bruyante et mouvementée empêcha d'entendre un coup de sonnette qui venait de retentir à la porte d'entrée. Heureusement que l'office était plus silencieux : le domestique de Vandelle courut ouvrir.

Une jeune femme recouverte d'un long burnous blanc pénétra dans l'antichambre et, sans faire aucune question, se dirigea, comme si elle était chez elle, vers un petit boudoir voisin de la chambre à coucher. Au moment où elle allait mettre la main sur le bouton de la porte, le domestique, d'abord un peu étonné, la rejoignit et lui dit :

— Madame va se trouver seule; Monsieur est sorti depuis une demi-heure.

— Comment! sorti! fit la jeune femme en se retournant, toutes vos croisées sont éclairées. De la rue on dirait une illumination.

En même temps un bruit confus parvint jusqu'à elle.

3

— Il y a du monde dans le salon, vous entendez bien, ajouta-t-elle.

— En effet, Monsieur a reçu ce soir quelques amis ; mais, continua le domestique, d'un air fin, leur société ne lui plaisait pas sans doute et il est sorti aussitôt après le diner.

— Il se sera rendu chez moi, fit-elle en souriant et, comme il apprendra que je suis ici, il ne tardera pas à me rejoindre. Je vais l'attendre.

Elle entra dans le boudoir et se débarrassa de son burnous tandis que le valet de chambre allumait les bougies.

Ce soin rempli, il allait se retirer lorsqu'on lui dit :

— C'est un diner de garçons qu'a donné ce soir M. Vandelle ?

— Oui, Madame... de garçons... balbutia le domestique.

— Des garçons accompagnés sans doute de leurs... gouvernantes, car j'entends des voix de femmes.

Le fidèle Joseph crut pouvoir commettre une indiscrétion pour défendre son maître. Dans sa pensée, du reste, il n'apprenait rien à celle avec qui il s'entretenait. N'était-elle pas directement en cause?

— Que Madame ne se scandalise pas, fit-il d'un ton prétentieux, c'était un dîner de funérailles.

— Un dîner de funérailles? Je ne comprends pas.

— Oui, Madame, Monsieur a fait ce soir ses adieux à la vie de garçon; il vient d'annoncer hautement, pendant que je servais à table, son mariage à ses amis.

— Ah! fit-elle vivement.

Et on aurait pu l'entendre murmurer ce mot : Enfin!

Joseph, entré dans la voie des aveux, se disposait à devenir éloquent. Il allait sans doute, avec cette hardiesse des domestiques parisiens, initiés aux secrets de leurs maîtres, féliciter la jeune femme de son changement de position, et lui demander peut-être de le garder à son service ; mais d'un geste elle le congédia, après lui avoir ordonné de fermer la porte, pour qu'aucun indiscret ne pût pénétrer dans le boudoir.

VII

A la suite d'une soirée aux Italiens, où Esther Sandraz, que nous venons de voir entrer chez Vandelle, fut des plus re-

marquées, le Monsieur de l'orchestre crut
devoir faire au *Figaro* le portrait de la
belle étrangère. C'est, si l'on peut s'exprimer ainsi, un portrait descendant. Il part
de la tête pour aller jusqu'aux pieds et dit
tout ce qu'il voit, en regrettant, peut-être,
de ne pas dire davantage. Le Monsieur
de l'orchestre n'est pas d'ordinaire aussi
complet. Esther Sandraz l'avait donc entièrement subjugué; il avait braqué sur
elle une lorgnette persistante et s'était
sans doute glissé sur son passage à la sortie du théâtre. Voici le portrait :

« Des cheveux d'un noir chaud, dans
lesquels un rayon de soleil couchant semble s'être perdu; front pur et carré; sourcils fournis tendant à se rejoindre; teint
mat avec une nuance rose-thé; des yeux
noirs, allongés, veloutés, d'expression
étrange, encadrés d'un cercle bleuâtre : nez

régulier, droit, sans exagération de peti-
tesse, avec des narines roses qui sem-
blent toujours aspirer quelque senteur et
se dilatent à la moindre émotion ; lèvres
épaisses, duvetées, rouges, celle du haut
étroite pour laisser à découvert des dents
exquises ; menton gras, court, carré comme
le front ; cou un peu fort, mais bien dé-
gagé, gracieux ; épaules larges, pleines,
d'un beau dessin ; poitrine abondante, dont
la rigidité cependant ne peut être mise en
doute ; taille ronde, élégante et souple ;
hanches développées, ondulantes ; pieds
d'enfant... ou de portugaise. Femme étonnante, splendide qui fera certainement sensation dans Paris. »

Elle y fit un profonde sensation pendant
une année. Elle ne sortait entourée que
d'une véritable cour ; trois Parisiens et
cinq étrangers demandèrent sa main. Elle

crut devoir les éconduire, au grand désespoir de sa mère, sous prétexte qu'elle ne
les aimait pas. Puis, un jour, Mᵐᵉ Sandraz mourut et Henri Vandelle, qui était
reçu depuis quelque temps dans l'intimité
de ces dames, profita du désespoir d'Esther, du grand vide qui s'était fait dans sa
vie, de l'isolement auquel son deuil la condamnait, pour pénétrer peu à peu dans ce
cœur invulnérable jusque-là, mais que la
douleur avait attendri.

Cette victoire avait sa raison d'être : né
dans les Hautes-Pyrénées, dans le pays de
la vie âpre et dure, des marches pénibles,
des ascensions périlleuses, des chasses
souvent mortelles, Henri Vandelle avait
eu une jeunesse active, aventureuse, durant laquelle ses muscles s'étaient déve-
loppés, son sang avait coulé plus rapide
et plus chaud, son corps avait conquis des

forces pour l'âge mûr. Lorsqu'à vingt et un
ans, il fut mis en possession de la fortune
de sa mère, morte très-jeune, et qu'il résolut d'aller se fixer à Paris, il se trouvait
dans d'excellentes conditions pour affronter les fatigues de la vie à outrance. Il les
affronta toutes, sans exception, sans réserve, et ne mourut pas à la peine. A
trente ans, lorsqu'il rencontra Esther, grâce
à son passé vivifiant, à l'âpreté de ses
premières années, il n'avait encore rien
perdu de ses qualités premières; une existence trop fébrile, l'abus de la sensualité,
en surexcitant son système nerveux, lui
avaient même donné des forces factices
qui s'ajoutaient aux autres.

Mais ce développement tout matériel s'é-
tait produit au détriment des facultés morales : il usait trop de la vie pour se regarder vivre et descendre en lui; ses sens

parlaient trop impérieusement, il était trop
leur esclave pour écouter les battements de
son cœur, pour lui obéir. Qu'en aurait-il
fait, du reste, dans le monde où il vivait,
au milieu des voluptés faciles où il s'é-
tait jeté à corps perdu, dès son arrivée
à Paris, avec toute l'ardeur de ses vingt
ans, l'impétuosité de son tempérament ?
Dans ses rudes montagnes, entrevoyant à
peine son père, qui se laissait absorber
par les travaux d'une fabrique importante,
sevré des caresses de sa mère qu'il avait
à peine connue, où aurait-il appris à aimer ? Lui avait-on parlé de tendresse, de
sentiment, d'amour vrai ? Lui avait-on dit
qu'il ne fallait pas confondre la satisfac-
tion des appétits matériels avec le bonheur;
qu'à côté des femmes de plaisir qui l'a-
vaient aidé à dépenser sa fortune, il en
était d'autres auprès desquelles il pouvait

3.

vivre heureux et goûter d'ineffables joies ?
Il se complaisait dans son inconscience et
continuait à tourner dans le même tourbillon : fier de ses succès de boudoir, satis-
fait de ses amours sans cesse renaissantes,
ignorant de la femme, la confondant avec
les femmes.

VIII

M⁽ᵐᵉ⁾ Sandraz, quand il pénétra dans son
intimité, éveilla donc chez lui des sensations
et non des sentiments. Mais Esther put s'y
tromper : tout montagnard qu'il était, malgré
sa charpente vigoureuse, son teint coloré,
Vandelle avait une certaine distinction na-
tive, l'esprit, la finesse, un peu de la dissi-

mulation des Béarnais ses voisins, une intuition des choses du monde et toutes les élégances, toutes les roueries de la vie parisienne. Il comprit qu'Esther devait être d'une autre essence que les aimables créatures près desquelles il avait jusqu'alors vécu : elle leur était aussi supérieure par l'éducation que par la beauté et méritait d'être traitée avec ménagement.

Il sut donc dissimuler ses désirs et fut auprès d'elle empressé, tendre, discret parce qu'il sentait bien qu'elle n'aurait ni compris, ni excusé aucune audace. Grâce à cette habileté, elle ne se méfia ni de lui, ni d'elle-même et le laissa peu à peu entrer dans sa vie. Elle était dès lors perdue : pendant que dans leurs entrevues Vandelle jetait de longs regards obliques sur Esther, qu'il admirait cette beauté à la fois originale, fine et charnelle, qu'il savourait à distance ces lèvres rouges, épaisses, voluptueuses, que, l'imagination aidant, il essayait de pénétrer des mystères charmants, de faire tomber les voiles qui le gênaient et de construire, par la pensée, une Vénus splendide, émue et palpitante; pendant qu'il profitait des moindres occasions pour s'approcher de son idole, respirer l'arome de ses cheveux, aspirer son haleine et qu'il arrivait ainsi à la convoiter ardemment, Esther, de son côté, s'éprenait de lui d'une toute autre façon. Trop pure pour le deviner, pour avoir la moindre idée de ses aspirations, pour faire une distinction entre l'amour et le désir, elle se sentait conquise par ses soins, ses prévenances, sa tendresse discrète, ses respects. Elle était sous le charme d'un esprit très-fin, très-délié, apte à toutes les transformations, prêt à soutenir toutes les thèses, même les plus morales, aiguisé par le déirs

de plaire et de triompher. Elle ne voyait
plus que lui dans ce grand Paris où elle
était une étrangère, sans famille, sans amis.
C'était avec lui seul qu'elle pouvait parler
de la mère adorée qu'elle venait de perdre ;
lui seul la comprenait, lui seul pleurait avec
elle, et... un jour, sans s'y être attendu,
elle l'aima, honnêtement, chastement, avec
tout son cœur.

IX

Cet amour devait-il la jeter nécessairement dans les bras de Vandelle ? Non : la
chute n'est pas obligatoire parce qu'on est
au bord du précipice. L'éducation en
première ligne, un invincible respect de

soi, quelquefois la religion, préservent
absolument certaines femmes des fautes
irrémédiables. D'autres, sans principes
arrêtés, ont en elles-mêmes une force na-
turelle de résistance : elles se complaisent
dans les luttes héroïques, se cramponnent à
leur vertu, et grâce à des efforts désespérés,
ne succombent jamais. Ces dernières, enfin,
d'un tempérament froid, toujours guidées
par leur raison, triomphent de tous les dangers. Chez les unes et chez les autres, l'âme
ou l'esprit sauve le corps.

Mais Esther ne pouvait faire partie de
ces femmes privilégiees : sous la tutelle
d'une mère à la tête un peu folle et qui
l'adorait jusqu'à la faiblesse, son instruction
avait été plus soignée que son éducation.
L'imagination, des plus vives chez elle,
s'était encore exaltée dans une vie errante,
fantaisiste, pleine d'imprévu, d'agitations

fébriles, de rêves dangereux, tourmentée
dans le présent, inquiète dans l'avenir, au
milieu d'une atmosphère capiteuse. En
outre, Esther était Portugaise, et les
femmes de son pays, dont les ancêtres
colonisèrent le Brésil, ont un peu de sang
indien dans les veines; leur tempérament
se ressent d'une origine tropicale, presque
équatoriale. On nous a parlé des excentricités de Mlle Sandraz : ses folles courses
à cheval, ses longs bains de mer, ses
ascensions périlleuses; ils indiquaient, dès
cette époque, des besoins de dépense
corporelle, une nature fougueuse, des
forces latentes qu'il fallait combattre.
Inconsciente des exigences de sa nature,
elle en tenait compte d'instinct et en
triomphait par des fatigues excessives.
Mais ces victoires sur la matière ne sont
que passagères; elle reprend tôt ou tard

ses droits, plus impérieusement qu'autrefois, et Esther était maintenant impuissante à la vaincre. Son amour pour Vandelle l'avait amollie en quelque sorte, lui avait enlevé son activité première, donné le goût du foyer, des longs tête-à-tête, des énervements malsains. Tant que son cœur fut libre, ses sens sommeillèrent, ou, s'ils vinrent à parler, elle ne comprit pas leur langage; dès qu'il fut conquis, toutes ses ardeurs s'éveillèrent et la lumière se fit. Elle était, dès lors, au pouvoir de Vandelle, désarmée moralement et physiquement pour le combattre. Deux forces se trouvaient en présence : celle-ci, simplement matérielle, issue de Vandelle; celle-là, émanée d'Esther, plus idéale, mais qui venait de se matérialiser. Un courant électrique s'établit entre elles, et, à la suite d'un choc, une étincelle jaillit.

X

Esther n'avait posé aucune condition, ni exigé aucune promesse. Pouvait-elle admettre sa chute? Des lumières ardentes avaient couru sur lleur visage, des sourires passionnés s'étaient échangés, deux regards s'étaient fondus en un seul, deux mains s'étaient broyées dans une étreinte, des lèvres s'étaient mêlées dans un baiser. La victoire de l'un, la défaite de l'autre, inscrits dans l'avenir, tenaient, ce jour-là, du hasard.

Puis, qu'aurait-elle donc demandé à Vandelle? Qu'il l'épousât? Est-ce qu'elle pouvait douter de ses projets? N'était-il

pas libre comme elle l'était elle-même?
Ne l'avait-il pas, jusqu'à ce jour, entourée de ses tendresses, de ses respects?
Ne s'était-il pas présenté chez elle, autrefois, du temps de sa mère, en soupirant, désireux de devenir un fiancé?
Orpheline, sans protecteur, était-elle donc
moins respectable à ses yeux? Ne la savait-
il pas de bonne famille, de noblesse même,
et d'un passé irréprochable? Ses excentricités, qu'on avait pris plaisir à exagérer,
devaient-elles lui être reprochées par un
Parisien comme l'était Vandelle, habitué à
bien d'autres étrangetés? Le temps des
folies, du reste, était passé et ne revien-
drait plus; l'existence d'Esther était aussi
simple, aussi silencieuse qu'elle avait été,
un instant, bruyante et mouvementée. Elle
vivait en recluse dans l'appartement de
la rue de Sèze où était morte sa mère,

n'y recevait qu'Henri Vandelle, ne sortait qu'avec lui, toujours voilée, toujours mystérieuse, pour que leur liaison ne fût pas soupçonnée.

Cette réclusion, cette existence occulte ne pouvaient avoir qu'un temps. Vandelle attendait évidemment, pour épouser Mlle Sandraz, qu'elle fût oubliée du monde parisien ; il désirait lui faire une existence, sinon bourgeoise, du moins calme et reposée ; il voulait surtout que son père, un des plus riches manufacturiers du Midi, propriétaire dans la Haute-Garonne, près de Montréjeau, de carrières de marbre et d'ardoises qu'il exploitait lui-même, ne fît aucune opposition à son mariage et fût heureux d'appeler Esther sa fille.

Mais M. Vandelle père était mort depuis six mois, et son suffrage devenait inutile ; d'un autre côté, Paris encensait de nouvelles

idoles, sans plus songer à la belle Portugaise qu'il adorait naguère. Toutes les
causes de retard apportées à l'union des
deux amants avaient donc disparu, et
Mlle Saudraz qui, par un sentiment de
délicatesse, pensait ne devoir rien presser,
attendait cependant avec une certaine
impatience que le seul homme qu'elle eût
aimé, celui qu'elle avait choisi entre tous,
lui donnât dans le monde la position à
laquelle elle pouvait prétendre, dissipât les
ténèbres qui l'entouraient et lui permit de
vivre, non pas comme autrefois, au milieu
du bruit et de la foule, en plein bourdon-
nement, — elle n'y tenait plus, — mais au
grand jour, en pleine lumière.

Le moment désiré paraissait être enfin
arrivé. Henri Vandelle venait de faire, dans
la Haute-Garonne, un voyage d'une quin-
zaine de jours qui avait eu évidemment pour

but de mettre ordre à ses affaires et de préparer son mariage. A son retour, il avait envoyé à Esther de charmants bijoux qui ne pouvaient être qu'un présent de noces. Enfin ce dîner d'adieux à la vie de garçon, cette déclaration faite à table, tout indiquait qu'on touchait au terme d'une union illégale et qu'à des amours ardentes, mais ina- vouées, allaient succéder de nouvelles amours tout aussi passionnées, mais plus légitimes.

XI

Les douces méditations auxquelles se livrait Esther Sandraz, dans le boudoir où nous l'avons laissée, furent bientôt troublées par un bruit de porte et de voix.

Elle se leva vivement et courut tirer le verrou du boudoir. Il était inutile de parlementer : elle avait reconnu le maître de la maison.

— Je vous demande pardon, ma chère Esther, de vous avoir fait attendre, dit Vandelle en entrant, mais j'étais allé chez vous ; c'est mon excuse... Quelle idée vous a prise de venir ce soir ?... J'avoue que je n'espérais pas...

— Je m'en doute, fit-elle en souriant, et, si j'avais supposé que vous auriez du monde, croyez bien... Mais je m'ennuyais chez moi, je craignais de ne pas vous voir, j'étais triste et je suis venue... Une fois arrivée, quoique notre nid fût occupé, je n'ai pas voulu partir ; je ne reviens jamais sur mes pas.

Tout en parlant ainsi, elle avait retiré une

grande mantille espagnole, dont elle avait
l'habitude de se couvrir, même dans les
appartements, et elle apparut superbe, les
épaules nues, en toilette de soirée, toute
constellée de bijoux du meilleur goût.

— Où allez vous? D'où venez-vous? demanda Vandelle, surpris de la voir ainsi
parée.

— De nulle part, répondit-elle, et je ne
vais nulle part.

— Alors, c'est pour moi...

— Non, monsieur, dit-elle en le regardant avec tendresse tandis que ses lèvres
lui souriaient, c'est par caprice. Je vous ai
dit que je m'ennuyais... Je me suis faite
belle pour me distraire... Je me suis or-
née comme une déesse de tous vos cadeaux.
C'était une manière de penser à vous...
Puis, me voyant si magnifique, je n'ai pas
voulu que ma toilette fût perdue et je suis

venue vous en faire hommage... Me
blâmez-vous ?

Il la regardait et la trouvait, ce soir-là,
plus rayonnante, plus épanouie que jamais
dans sa beauté. Cependant, comme il
allait la rejoindre :

— Prenez garde, fit-elle, vos amis sont
là derrière cette porte.

— Je vais les renvoyer, répliqua-t-il
vivement.

— Plus tard, dit-elle en souriant; as-
seyez-vous et causons.

Il lui obéit et prit place à ses côtés, sur
une chaise longue.

Elle garda quelques instants le silence,
puis, se rapprochant de lui:

— M'aimez-vous toujours? lui demanda-
t-elle à voix basse.

— Si je t'aime !

Il voulut l'entourer de ses bras, mais elle
le repoussa doucement et lui dit :

— Alors, si vous m'aimez, pourquoi avez-
vous des secrets pour moi ?

— Des secrets ? demanda-t-il en pâlissant.

Elle ne s'aperçut pas de son trouble et
continuant :

— Il paraît que monsieur se marie, et
tout le monde le sait, excepté moi.

— Esther !

Elle posa doucement sa tête sur l'épaule
de Vandelle et murmura ces mots :

— Pour quelle époque me réservais-tu
cette surprise ?

— Qui t'a dit ?... fit-il en balbutiant.

Il aurait voulu s'éloigner, ne pas la sentir aussi près de lui. Mais elle lui avait pris
les mains, elle se pelotonnait contre sa
poitrine et elle disait d'une voix lente, avec

4

cet accent traînant des femmes de son
pays :

— Suis-je mal renseignée?... Ce dîner,
n'est-ce pas le banquet d'adieux à ces
folles soirées dont je n'ai jamais été jalouse,
tu le sais bien?... Pour moi, amour est
synonyme de confiance. Ne te l'ai-je pas
prouvé, Henri, depuis le jour où, me fiant
à ton honneur, je me suis donnée tout
entière à toi, j'ai renoncé à mon existence
mondaine et trop bruyante pour te consa-
crer tous mes instants, toute ma vie?

Peu à peu, il était parvenu à se déta-
cher d'elle, à la fuir. Il avait fait d'abord
un mouvement en arrière pour que, n'ayant
plus de point d'appui sur son épaule, elle
fût obligée de relever la tête. Puis, afin de
n'être plus frôlé par elle, de ne plus sentir
les capiteux parfums qui montaient jusqu'à
lui, de n'être plus enveloppé de son regard

magnétique, de ne plus voir cette bouche délicieuse, ces lèvres humides, ces admirables épaules qui s'étalaient dans leur nudité, il s'était levé, et, s'approchant de la cheminée, il avait pris du maryland, une feuille de papier et semblait absorbé dans la confection d'une cigarette.

— Qu'as-tu-donc ? fit-elle étonnée. Tu parais contrarié... Ah ! je devine ; tu voulais m'apprendre cette bonne nouvelle. Eh bien, voyons, je ne sais rien... Dis-moi tout ! Tu as aplani les difficultés qui s'opposaient à notre mariage... C'est là le secret du voyage que tu viens de faire, de cette grande absence de quinze jours, pendant laquelle vous ne m'avez écrit qu'une fois, sans reproches, monsieur, je n'en fais jamais, vous le savez.

Elle avait quitté sa place sur la chaise longue, et, le rejoignant, se plantant devant lui, lui prenant les deux mains, appuyant sa poitrine contre la sienne, le regardant dans les yeux :

— Quand nous marions-nous? lui dit-elle.

— Jamais, fit-il, sans essayer, cette fois, de fuir son regard.

— Plaît-il?

— Oui, décidément je t'aime trop pour t'épouser.

Et il essaya de l'attirer à lui, d'éteindre sa phrase dans un baiser.

Elle lui résista et dit :

— Voyons, parlons sérieusement, je te prie.

— Je parle sérieusement, reprit Vandelle d'une voix qu'il essayait d'affermir et qui tremblait à son insu. Ne sais-tu pas que le mariage est la fin de l'amour?...

Je ne suis pas las de t'aimer, mon Esther,
je veux t'adorer toute ma vie.

Elle s'éloigna en disant :

— Allons, vous me punissez d'être venue
chez vous lorsque vous ne m'attendiez pas,
d'avoir deviné les projets que vous vouliez
dévoiler vous-même; je suis dans mon
tort... Adieu, monsieur, je vous laisse
avec vos amis et j'attendrai l'heure de vos
confidences.

Elle reprit sur la chaise longue le man-
telet de dentelle qu'elle y avait jeté, et
elle allait s'en couvrir lorsque tout à coup
Vandelle la rejoignit, lui saisit le bras, et,
la clouant pour ainsi dire à la place où
elle se trouvait :

— Reste, puisque tu es là, dit-il d'une
voix brève; et aussitôt il ajouta : Autant
aujourd'hui que demain.

— Comme vous dites cela? fit-elle,

4.

effrayée. Qu'y a-t-il? Parlez... parlez donc!

— A une condition : tu vas m'écouter avec calme jusqu'au bout.

— Avec calme?... Soit! J'attends.

Elle avait échappé à son étreinte, s'était assise sur la chaise longue, et, les coudes sur les genoux, la tête dans les mains, elle le regardait fixement.

XII

Henri Vandelle avait regagné sa place devant la cheminée, et, allumant sa cigarette pour se donner une contenance :

— Est-ce que tu prends le mariage au sérieux, ma chère Esther? dit-il. Est-ce que tu te soucies de l'opinion, des préjugés, des sottes conventions du monde?

Elle ne répondit pas; toujours assise, elle se contentait de fixer sur lui des regards étonnés.

— Ne m'as-tu pas dit cent fois, continua-t-il de plus en plus troublé par ce silence, qu'il n'y a qu'une chose vraie dans la vie : l'amour?

— Après! fit-elle d'une voix brève.

— Il y en a une autre dont je ne me préoccupais pas, parce que je la croyais assurée : la fortune.

— La fortune... c'est vrai, je n'y pensais pas... Eh bien?

— Eh bien!... mon père, en mourant, a laissé ses affaires dans un désordre inextricable... Si la liquidation se fait, si l'usine est vendue, je suis ruiné.

— Et alors?

— Alors, on m'a offert un moyen de tout sauver. Le plus fort actionnaire, le principal créancier de la fabrique est une jeune fille dont le père est mort quelques mois avant le mien... Son tuteur est un ami de la famille...

— Et il t'offre de l'épouser? fit-elle d'une voix calme.

— Oui, répondit-il.

— Et tu as répondu?

— J'ai consenti.

D'un bond elle s'était relevée, et, le rejoignant :

— Ce n'est pas vrai! s'écria-t-elle. Tu mens... Est-ce que c'est possible? Est-ce que nous ne sommes pas liés l'un à l'autre pour la vie?... Est-ce que tu ne m'appartiens pas comme je t'appartiens? Est-ce qu'on peut nous désunir?... Ah! tu as voulu m'éprouver... tu as voulu savoir si

j'étais capable de douter de toi... Non, je
ne doute pas, Henri, je crois en ton amour
comme tu crois au mien. Épouser une autre
femme que moi, toi! Ah! il faudrait d'abord
briser les liens qui nous attachent, effacer
de nos deux cœurs les souvenirs qui nous
rivent l'un à l'autre!... Épouser une autre
femme, toi? Tu voudrais donc me tuer, tu
voudrais donc mourir!... Oui, mourir;
crois-tu pouvoir te passer de moi? Tu l'as
essayé une fois, au commencement de
notre liaison... Tu avais peur de trop
m'aimer, disais-tu, et tu t'es éloigné...
Ah! tu es vite revenu, repentant et
meurtri... Et moi aussi, saurais-je vivre
sans toi... Tiens, cette idée seule me fait
froid... Dis, dis que rien ne peut nous
séparer, dis que tu m'aimes !

— Oh! oui, je t'adore! fit-il en la
prenant dans ses bras, en la tenant pressée,

en couvrant de baisers son front, ses cheveux sans savoir ce qu'il faisait, oubliant les paroles qu'il venait de prononcer, ne se souvenant plus que d'une chose, ne voyant plus qu'une chose : c'est qu'elle était là, près de lui, toute frissonnante et superbe.

XIII

— En épouser une autre! continuait-elle déjà rassurée. Ah! l'idée est vraiment plaisante. La malheureuse! je la plaindrais! et je te plaindrais tout autant. Croyez-vous donc que je vous laisserais en paix savourer votre bonheur?... Vos Françaises peuvent ainsi s'immoler, mais chez moi, on se venge.

En parlant ainsi, elle s'éloigna de nouveau, et, comme il n'était plus sous son
influence immédiate, il reprit courage et
résolut, puisqu'il avait commencé, d'en finir
une fois pour toutes, de sortir d'une situation douloureuse :

— Pour songer, dit-il, à te venger, tu
dois d'abord être jalouse; et comment le
serais-tu d'une femme que je ne saurais
aimer?

Il s'arrêta et ajouta, d'une voix plus basse,
car il avait conscience de l'énormité qu'il
allait dire :

— Le mariage dont il est question n'est
qu'une affaire.

— Allons ! laissons ce jeu, fit-elle, avec
impatience. Je te l'ai déjà dit, parlons
sérieusement.

— Je parle sérieusement, reprit-il avec

résolution. Hélas! ma pauvre Esther, ce n'est que trop vrai... je me marie.

— Tu dis!

— Je dis que je suis obligé de me marier. Mais ce n'est pas une raison pour que je te perde à tout jamais, s'empressa-t-il d'ajouter. Je ne cesserai jamais de veiller sur toi, je ne cesserai jamais de t'aimer... Je veux aussi que ton avenir soit pour toujours assuré, que tu sois à l'abri de la mauvaise fortune ; et dès demain...

Elle bondit vers lui.

— C'est donc vrai! s'écria-t-elle. Tu ne mentais pas, misérable!

— Esther!

— Oui, misérable! misérable! misérable! Il ne lui suffit pas de me trahir, il faut qu'il m'insulte... Il m'offre de l'argent!... Vous ai-je jamais rien demandé? Ai-je vécu de vos dons?... Suis-je une femme qui se vend?... J'ai cru à votre amour, à votre honneur... Je me suis fiée à la loyauté d'un Français... Je me croyais noblement unie à l'homme de mon choix... Il me disait d'attendre et j'attendais... simplement, naïvement, comme je m'étais donnée, sûre de lui comme j'étais sûre de moi... M'avez-vous dit, oui ou non, que j'étais la femme de votre cœur, votre épouse devant Dieu, et que je le serais un jour devant les hommes? Ai-je failli, ai-je douté, ai-je démérité de vous? Ai-je cessé d'être digne de votre amour, d'être digne de votre estime?

C'était lui qui gardait maintenant le silence. Que pouvait-il répondre? Qu'aurait-il osé dire?

— Voilà donc les hommes, continua-t-elle, pâle, agitée, fiévreuse ; voilà donc la vie... voilà donc l'âme, le cœur, la droiture

5

de celui à qui j'ai confié mon honneur...
Vous avez signé, vous m'avez sacrifiée, vous
m'avez vendue... et vous avez le courage,
vous avez l'audace, dans cet infâme marché,
de m'offrir ma part, à moi, Esther Sandraz!

Il ne l'écoutait pas, il la regardait. Jamais
il ne l'avait vue plus belle : elle marchait
à grands pas dans le boudoir et tout son
corps s'agitait, sa taille se cambrait, ses
hanches avaient de voluptueuses ondu-
lations.

Puis, elle s'arrêta et se campa fièrement
devant lui. Alors il plana sur ses épaules
superbes ; il sentit le contact de sa gorge
frémissante, il s'imprégna de tous ses parfums.

— Que tu es belle! murmura-t-il, affolé,
hors de lui.

— Ah! taisez-vous... taisez-vous, cria-
t-elle en s'éloignant, vous me faites rougir

de honte... Vous n'avez vu en moi, vous ne voyez encore qu'un instrument de plaisir... Et moi qui pensais, qui rêvais... Ah ! les misérables ! ah! les lâches!... Et je me suis livrée à cet homme... et jusqu'à ce jour j'ai cru à son amour... Son amour! Je suis belle, voilà tout... et il m'offre de l'or, c'est justice... Suis-je autre chose pour lui que la courtisane des rues, qu'avant de me connaître il ramassait sur son chemin ?

— Frappe-moi, accable-moi, écrase-moi, disait-il en la dévorant des yeux, tu n'en es que plus adorable encore.

— Lâche ! reprenait-elle sans s'éloigner, ton adoration ne va pas jusqu'à braver la misère, jusqu'à te résigner au travail... Tu n'as même pas eu le courage d'affronter ma résistance, de venir me dire en face : Voilà ce que je veux faire... Tu as signé furtivement, à la hâte, loin de moi ; tu m'as

frappée lâchement, sans me prévenir... Ah!
tiens, tiens, je te méprise... et il y a quelqu'un que je méprise encore plus que
toi : c'est moi-même.

XIV

Tout à coup on entendit frapper à la
porte du boudoir, celle qui donnait dans le
salon. En même temps, une voix criait par
le trou de la serrure :

— Vandelle, Vandelle, ouvre-nous,
nous savons que tu es là, que tu es enfermé
avec une femme ; ce n'est pas juste, ce n'est
pas poli ! Nous sommes tes hôtes ; tu n'as
pas le droit de nous abandonner.

Une autre de ces dames donnait, à temps

égaux, des coups de poing dans la porte et, imitant la voix grave d'un commissaire de police dans l'exercice de ses fonctions et ceint de son écharpe :

— Au nom de la loi, ouvrez, faisait-elle.

— Je n'ouvrirai pas, répondait Vandelle.

— Pourquoi n'ouvririez-vous pas ? fit tout à coup Esther Sandraz. Pourquoi ces dames n'entreraient-elles pas ?... Parce que je suis là... Ne suis-je pas des leurs maintenant ?... Ne suis-je pas comme elles ?

Elle repoussa violemment Vandelle, qui voulait la retenir, courut à la porte, tira le verrou, et ouvrant :

— Entrez donc, mesdames, entrez donc, je vous prie, dit-elle.

XV

Toutes ces dames se précipitèrent dans le boudoir, dès que la porte fut ouverte. Mais elles s'arrêtèrent en apercevant Esther. Elles avaient compris qu'elles n'étaient pas en présence d'une femme de leur monde. La pâleur, l'attitude de Vandelle, les efforts que semblait faire inutilement Esther Sandraz pour recouvrer son sang-froid, le tremblement nerveux qui l'agitait, les éclairs que lançaient ses yeux leur disaient aussi qu'elles venaient d'entrer en plein drame, qu'elles faisaient pour ainsi dire irruption dans une situation des plus tendues. Enfin l'éclatante beauté d'Es-

ther leur imposait : malgré leur amour-propre féminin, la confiance qu'elles avaient
dans leurs charmes, auxquels tant de personnes avaient rendu hommage, elles se
sentaient diminuées, rapetissées auprès de
cette splendide étrangère.

Mlle Sandraz, loin de vouloir faire mesurer à ces dames la distance qui les séparait d'elle, avait résolu, au contraire, de
descendre à leur niveau, de renverser
toutes les barrières matérielles et morales
élevées entre elles.

Debout, appuyée contre la cheminée, la
tête haute, les regardant bien en face, elle
leur disait d'un ton bref, d'une voix sac-
cadée :

— Mesdames, j'ai des excuses à vous
faire... Le domestique de M. Vandelle
avait cru devoir fermer la porte de ce boudoir, mettre un obstacle entre nous, vous

reléguer dans le salon, vous empêcher de venir ici... Pourquoi donc? N'êtes-vous pas chez M. Vandelle au même titre que moi?... Doit-il exister une ligne de démarcation entre nous?... Puis-je vous trouver déplacée dans votre société?... Non, vraiment, continua-t-elle. Ce qui m'arrive a dû vous arriver à toutes... Vous avez aimé... Vous avez cru...

Elle s'arrêta. Le silence qui régnait autour d'elle ne fut pas interrompu; on se regardait et on la regardait.

Elle reprit :

— Vous êtes belles, très-belles, mesdames; moi aussi... On a daigné vous trouver jolies... cela a duré quelques semaines... n'est-ce pas?... et puis comme il faut faire une fin honnête... riche surtout... riche... on a résolu de se marier... Vous vous souvenez, on a redoublé de soins, de prévenances... peut-être même, pour vous mieux tromper, pour endormir vos soupçons, votre vigilance... on vous a fait des cadeaux... des cadeaux que vous avez reçus !

Tout à coup ses regards se portèrent sur les bracelets qui lui ceignaient les bras, sur le collier de perles noires et le grand médaillon, orné de brillants, pendu à son cou.

— Ah ! s'écria-t elle avec rage, — oubliant qu'on l'entendait, — ah ces bijoux ! quand je pense que je m'en étais parée pour lui !

Alors elle fit jouer précipitamment les ressorts des bracelets, du médaillon, elle arracha le collier de son cou, prit ces bijoux à pleines mains, les jeta sur le parquet, et se tournant vers Vandelle :

— Tenez, monsieur, tenez, s'écria-t-elle,

5.

reprenez, je ne veux plus porter tout cela ;
c'est à vous, ramassez, mais ramassez donc !

Et comme Vandelle, réfugié dans un
coin du salon, restait silencieux, immobile,
anéanti, elle se tourna vers les femmes en
leur criant :

— S'il n'en veut pas, prenez, mesdames... permettez-moi de vous offrir ces
bijoux pour célébrer ma bienvenue parmi
vous ; je suis votre égale, votre compagne... Entre amies, on peut se faire des
cadeaux.

Personne ne faisait un geste, personne
n'élevait la voix ; alors, lasse de parler,
lasse d'être en scène, elle saisit son man-
telet de dentelle, s'en couvrit précipitamment, et, prenant à la main le burnous
blanc avec lequel elle était entrée dans le
boudoir, elle marcha vers la porte qui communiquait avec l'antichambre.

Sur le seuil, elle s'arrêta, se retourna, et, enveloppant Vandelle d'un regard méprisant :

— Adieu, monsieur, fit-elle, soyez heureux en ménage !

Pendant un instant, elle marcha d'un pas ferme ; puis, tout à coup, elle chancela.

On s'élança vers elle ; mais lorsqu'on la rejoignit, elle s'était déjà redressée et murmurait :

— Non, non... je n'ai besoin de personne... Je suis forte, je suis brave... et je veux vivre.

XVI

Un instant après, la porte qui donnait sur l'escalier se referma.

— Quelle belle sortie! fit Blanche.

— Oui, mais cette scène a jeté un froid parmi nous, reprit Louise; je rentre chez moi... Il est, du reste, deux heures du matin.

— Deux heures du matin! s'écria Raynal, qui depuis longtemps sommeillait dans un fauteuil et venait de se réveiller, deux heures du matin... et je plaide demain devant la première chambre. Mon chapeau! vite! mon chapeau!

Puis, reprenant sa vie au point précis où il l'avait laissée, une heure auparavant, avant de s'endormir :

— Mesdames, messieurs, continua-t-il, si jamais vous avez affaire à la justice, pour une contravention, pour un délit, pour un crime, venez sans crainte vous asseoir au banc des accusés. Je réponds de votre acquittement.

— Merci, merci, firent toutes les femmes.

— J'espère n'avoir pas besoin de vous, dit Berthe.

— On ne sait pas ce qui peut arriver, répliqua Raynal ; l'amour, la passion conduisent au crime les natures les plus tempérées. Il est toujours bon d'avoir un avocat dans sa manche... Mon chapeau ? où est donc mon chapeau ?

— Vous le tenez à la main depuis un quart d'heure, fit observer Louise.

— C'est vrai, pardon.

Il trouva la porte en tâtonnant et disparut.

Quant à Juliette, en femme prudente et qui sait apprécier l'orfévrerie, elle ramassait les bijoux jetés sur le parquet, et on aurait pu l'entendre dire : « Il ne faut rien laisser perdre. »

XVII

Le motif donné par Henri Vandelle à
Esther Sandraz pour ne pas l'épouser était-
il sérieux? Avait-il vraiment dissipé l'héritage maternel? Oui, le naufrage était complet; on ne voyait plus flotter la moindre
épave. Vandelle se consolait en constatant
qu'en fin de compte il avait vécu dix années,
et qu'il avait dû mettre beaucoup d'ordre
dans son désordre pour durer si longtemps.
Si on était tenté de s'étonner que, beau garçon comme nous l'avons dépeint, bien taillé,
d'une santé robuste, d'une intelligence suf-
fisante, d'une expérience demi-mondaine
consommée, la vie parisienne lui eût été si

onéreuse, nous prierions de jeter un coup d'œil sur une étude charmante d'Eugène Chavette : *Les Petites comédies du vice.* On y verra deux cousins, de fortunes égales, mais de physiques variés. Le premier a conscience de sa laideur, et pour se la faire pardonner, sert à sa maîtresse une respectable pension mensuelle. Le second est beau garçon ; il le sait et croit pouvoir payer de sa personne. Un jour, ils font leurs comptes ; le cousin disgracié de la nature n'a jamais dépassé son budget, et s'est vu, cependant, combler de prévenances, d'attentions, de respects. On le couvrait de caresses, on le gorgeait de bonheur. On le trompait, mais secrètement, avec des formes, sans que cela pût le gêner, lorsqu'il prenait ses vacances. L'Adonis, au contraire, avait été sans cesse sacrifié par sa belle, qui, en femme d'ordre, donnait à l'utile le pas sur l'agréable. C'est à peine si l'heure du berger sonnait quelquefois pour lui : on n'avait jamais le temps de le recevoir, ni la possibilité de le garder. On s'arrachait de ses bras avec désespoir, mais on s'en arrachait souvent, et toujours mal à propos. On l'adorait, mais seulement par intermittence, lorsque le capitaliste n'adorait pas, et celui-ci avait des séries d'adorations. Malgré cette vie de sacrifices et de déboires, cette mise continuelle à la ration, cette existence d'affamé qui le faisait rêver aux naufragés de la *Méduse*, il s'était complétement ruiné en parties de campagne, en soupers, en notes de modiste, en bijoux, en petits cadeaux, en mille détails. Conclusion : il faut savoir faire, de soi-même, la part du feu, subventionner ses vices, les ordonnancer en quelque sorte ; dans certain monde, l'emploi de financier est plus avantageux, plus agréablo à tenir que le rôle de jeune premier, lorsque, bien entendu, l'amoureux est un galant homme, car il n'est pas question ici du héros de la pièce de Dumas ; Monsieur Alphonse est un troisième rôle.

Vandelle, aimé pour lui-même, en sa qualité de beau garçon, avait donc vu son héritage ébréché par une foule de petites dents charmantes, mais aiguës, habiles à emporter le morceau. On ne lui avait jamais rien demandé ; on lui disait toujours, au contraire : « Pas de question d'intérêt entre nous. » Mais, tant de désintéressement méritait des récompenses : il les avait données sous forme de bijoux, et on s'était montré si souvent désintéressé que la devanture de plusieurs orfévres y avait passé.

Puis il aimait à bien vivre ; sa robuste santé, son appétit solide ne l'empêchaient pas d'être sensible aux raffinements de l

table. Il recherchait les primeurs en janvier
et préférait un grand crû au vin ordinaire.
C'était un montagnard greffé d'un boulevardier, un Spartiate d'Athènes. Il ne dédaignait pas davantage un appartement bien
situé, vaste, avec un mobilier luxueux, des
objets d'art, un cheval de selle, l'été, un
coupé, l'hiver, et une belle chasse en souvenir de ses premières amours.

Le jour où la plupart de ses valeurs
vendues, tous comptes faits, il ne se trouva
plus qu'à la tête d'une cinquantaine de mille
francs, il devint rêveur; c'était peut-être
la première fois de sa vie qu'il se donnait
ce luxe. Mais il n'était pas homme à s'attendrir longtemps; son tempérament s'y
refusait. Il se dit que cinquante mille francs,
dans des mains expérimentées, représen-
taient des millions. Le jeu avait été pour
lui, jusqu'alors, un passe-temps; il résolut

d'en faire une carrière. Ne pouvait-il pas citer dans son entourage, au milieu de ses connaissances, plus de dix personnes qui, sans moyens d'existence connus, sans être ni rentiers, ni propriétaires, ni travailleurs, avaient, grâce au jeu, et à un jeu loyal, une vie très-agréable. Il ne réfléchit peut-être pas assez que ces personnes, toutes nombreuses qu'elles soient, sont cependant des exceptions dans le monde des joueurs. Elles peuvent se diviser en deux classes bien distinctes, *les veinards* (on nous pardonnera l'expression, elle est consacrée, sinon par l'Académie, du moins par Littré), les veinards, disons-nous, et les habiles.

Les premiers arrivent à Monte-Carlo, s'approchent d'une table de roulette et jettent quelques louis sur un numéro ; le numéro sort et ils reçoivent le maximum.

Ils passent au Trente-et-Quarante, cherchent la série, rencontrent douze rouges, cueillent une liasse de billets de banque et, la récolte faite, prennent spirituellement la fuite et l'express.

Les habiles procèdent autrement : ce sont en général des lymphatiques, que le système nerveux laisse en repos; ils n'obéissent à aucun entraînement, se tracent une ligne de conduite et ne s'en écartent jamais. Pour eux, le jeu est un métier comme un autre, un peu plus pénible qu'un autre, voilà tout; quelques-uns même en ont fait une institution. D'après leur raisonnement, l'homme qui risque une petite somme pour en gagner une grosse ne mérite aucune considération; car il arrivera toujours un moment où il perdra la grosse avec la petite. Partant de ce principe, ils viennent tous les jours réguliè-

rement s'asseoir à leur cercle, devant une
table de baccarat. Ils tirent vingt-cinq louis
de leur poche, et avec ces vingt-cinq louis,
sagement divisés en petits tas, sagement
conduits, risqués à bon escient, ils n'ont
qu'une prétention : en gagner cinq. Ils y
arrivent, en quelques minutes si la fortune
leur sourit dès leur apparition, en une heure
ou deux, si elle est maussade, boudeuse, et
qu'il soit nécessaire, ce soir-là, de lui faire
des avances. Cinq louis, au bout du mois,
font trois mille francs; trois mille francs par
mois donnent trente-six mille francs au
bout de l'année, trente mille en admettant
quelques pertes de vingt-cinq louis bien
rares. Tel est leur revenu; il est à l'abri
de toutes les révolutions. Les locataires et
les fermiers peuvent être récalcitrants au
jour du terme, le phylloxera peut dévorer
la vigne, l'État fermer le Grand-Livre, il y

aura toujours des cercles, des Casinos et des joueurs pour leur servir leur petite rente journalière.

Mais Vandello n'appartenait pas à la catégorie des premiers joueurs, les voinards. Il cherchait un numéro à la roulette, pendant trois heures, sans le voir sortir; il avait le numéro récalcitrant. Il taillait une banque de baccarat et la quittait juste au moment où il aurait abattu neuf; il jouait au trente-et-quarante l'intermittence quand il aurait fallu jouer la série, et la série pendant une taille d'intermittences. Tout le monde n'est pas parfait.

Il appartenait encore bien moins, pour cause de tempérament, à la classe des autres joueurs, les habiles. Son sang coulait trop rapide, ses nerfs étaient trop surexcités, il était de nature trop ardente, de complexion trop brutale pour attendre patiemment les retours de la veine, lui dire de douces paroles, la caresser, et se contenter, après tant d'efforts, d'une toute petite faveur. Aussi perdit-il, en quelques semaines, sa mise de fonds : ses derniers billets de banque rejoignirent les premiers qui les appelaient, depuis longtemps, à grands cris.

XVIII

Ce fut à l'époque de sa ruine définitive qu'il rencontra Esther Sandraz. Elle apporta une utile diversion à ses ennuis : elle lui permit de s'étourdir sur sa situation et surtout d'avoir des besoins d'argent moins impérieux. Sa nouvelle liaison ne

l'entrainait à aucune dépense, elle lui permettait même des économies : absorbé par
la cour assidue qu'il faisait à M{llo} Sandraz,
plus tard par leur lune de miel, il supprima
peu à peu écurie, voitures, jeux et relations
coûteuses. Les dernières épaves de sa
fortune, le crédit qui resta attaché quelque temps encore à une existence autrefois
brillante, comme un long crépuscule suc-
cède à un beau soleil couchant, lui suffirent
pour payer son loyer, s'habiller, et offrir,
de temps à autre, le bouquet de violettes
des femmes honnêtes.

Un jour, M. Vandelle père vint à mourir.
C'était un nouvel héritage à recueillir, et
la fortune de Vandelle, suivant l'expression
du poëte, allait prendre une face nouvelle.
Il n'en fut rien : pendant que le fils se
ruinait avec d'aimables industrielles, le père
faisait de mauvaises affaires dans l'indus-

trie. De nouvelles ardoisières, mieux com-
prises que la sienne, s'étaient établies dans
le département de la Haute-Garonne et
accaparaient toutes les commandes. Il lutta
longtemps. C'était un solide travailleur,
entêté, tenace, rude aux autres comme à
lui-même; il prit un associé, lui donna
une part superbe, la part du lion, il y était
contraint, le fit travailler comme il travaillait
lui-même, l'épuisa et un beau jour l'enterra.
Mais il mourut à son tour, et comme l'associé avait une fille, celle-ci hérita de la
plus belle partie de la fabrique.

Vandelle apprit toutes ces choses à
Montréjeau, où il s'était transporté. Il se
désespérait dans les bras de son notaire,
un vieil ami de la famille et un habile
homme, lorsque cet officier ministériel lui
affirma que rien n'était plus facile que de
rendre à la fabrique sa splendeur première

et de reconstituer une nouvelle fortune. Il s'agissait seulement de s'entourer de bons ingénieurs, de tenir compte des progrès de la science et de se marier, c'est-à-dire d'épouser Henriette de Loustal, fille de l'ancien associé de M. Vandelle père. Henri Vandelle apporterait en dot la part qui lui restait de la fabrique, son activité, son travail, son nom connu dans le pays, tandis que Mlle de Loustal apporterait l'autre part de propriété, laissée par son père.

Pendant qu'on lui faisait ces ouvertures, Vandelle, rencontra, par hasard, Mlle de Loustal, et au lieu de la petite pensionnaire provinciale qu'il s'attendait à voir, trouva une jeune fille bien élevée, fort jolie, relativement élégante. Il voulut pourtant prendre le temps de réfléchir : passer du boulevard des Italiens à Montréjeau sans transition, d'homme à bonne fortune, d'homme de plaisir, devenir directeur d'une ardoisière, ce n'était pas encore ce qui le tourmentait le plus. Cette fabrique, il en connaissait tous les détails, ce pays, il y était né, ces montagnes qui l'entouraient, il les avait gravies dans sa jeunesse, il s'était reposé aux bords de leurs glaciers. Il les aimait de toute la puissance des premiers souvenirs, des premières amours. La vie tourmentée, énervante, fiévreuse, vécue depuis dix ans, l'avait bien préparé aussi à un retour vers ses jeunes années, aux grandes chasses dans la montagne, à l'air vivifiant des hauts sommets, à la contemplation des neiges éternelles.

Mais Esther Sandraz qu'il devait épouser! Il se l'était promis, il en avait la ferme intention. Quel rêve plus intelligent aurait-il pu faire, en sa pauvreté? Esther ne l'aurait-elle pas aidé à la supporter, presque à l'ou-

blier? Puis, s'il n'aimait pas Esther, comme
elle méritait d'être aimée, de tout cœur, il
l'aimait à sa façon, avec toute l'ardeur de
sa nature, avec toute l'exaltation de ses
sens. C'était un amour de tête, soit ! Mais
la tête, ainsi que le cœur, s'exalte, s'en-
fièvre, se congestionne; on meurt d'une
apoplexie comme d'un anévrisme.

Aurait-il jamais le courage de se séparer de celle dont le souvenir seul rendait son front brûlant, faisait battre ses
tempes ?

Oui, mais la pauvreté à Paris, dans cette
ville de luxe si longtemps témoin de sa
splendeur, tandis que là-bas on lui offrait
ses plaisirs d'autrefois, une fortune nouvelle, et une jolie femme comme appoint.

Il réfléchit longtemps; on connait le ré-
sultat de ses réflexions.

XIX

Le parti qu'il prit, et les propositions qu'il osa faire à Esther prouvaient deux choses : en premier lieu, la vie de Paris pendant dix ans, l'abus des plaisirs, avaient tué en lui tout sens moral ; la matérialité, si l'on peut s'exprimer ainsi, s'était développée, outre mesure, au détriment de la moralité. En second lieu, il avait tellement étudié Esther au point de vue plastique, qu'il avait oublié de sonder son cœur : elle était absolument incapable d'accepter les arrangements que, dans son désir de tout concilier, amour et intérêt, il avait imaginés.

C.

Lorsqu'il se trouva seul, après la dramatique sortie d'Esther, peut-être ne regretta-t-il pas trop vivement ce qui venait de se passer. En somme, un aveu pénible, terrible, qu'il hésitait à faire depuis longtemps, lui était échappé. La situation se dessinait maintenant nette, franche, précise : Mlle Sandraz lui avait rendu sa parole. Il ne prétendait qu'à une demi-liberté, on lui en donnait une complète; il pouvait partir pour les Pyrénées, rejoindre sa fiancée et devenir, en quelques années, millionnaire.

Le lendemain, le surlendemain, en se trouvant la tête légère, reposée, le pouls régulier, il en arriva même à se dire qu'il s'était fait des illusions sur la violence de son amour pour Mlle Sandraz ; peut-être cette dernière liaison ne laisserait-elle pas plus de traces dans sa vie que n'en avaient laissées les précédentes. Fait de mobilité, tout sang et tout nerfs, avec des passions à fleur de peau, il chasserait le souvenir d'Esther avec une réalité, comme on chasse un vieux clou avec un autre. Henriette de Loustal serait la réalité ; une réalité charmante, blond cendré, un clou à tête dorée, faisant un agréable contraste avec la tête brune d'Esther. Elle était délicieuse cette petite provinciale, au sang vif, aux grands yeux bleus un peu rêveurs, au profil de madone, au cou gracieux et fier, aux épaules rondes, au buste déjà plein de promesses, à la taille élégante. Quel plaisir pour un Parisien blasé de cueillir cette jolie fleur des montagnes ! Elle tenait sans doute un peu des glaciers et des neiges éternelles près desquels elle était née ; elle conservait encore la froideur de la terre qui l'avait fait éclore. Mais quelle délicieuse jouissance de la transporter en terre chaude, de la

voir se développer, grandir et se colorer
sous un rayon de soleil et un rayon d'amour!
Pour les besoins de sa cause, le prosaïque
Vandelle devenait poétique.

Sans quitter le domaine de la poésie, et
continuant sa comparaison, Vandelle se
disait bien qu'Esther avait été aussi une
charmante fleur, dont, le premier, il avait
respiré le parfum. Mais c'était une fleur
des tropiques, colorée de naissance, lumi-
neuse, venue au monde tout ensoleillée.
Ces fleurs-là n'ont besoin d'aucune culture;
elles naissent, grandissent sous leur ciel
embrasé, fuient l'ombre et le mystère,
courent d'elles-mêmes au devant des caresses et des baisers du soleil. Dans
Esther, Vandelle avait rencontré une adorable maîtresse, de vierge passée femme
en un jour, sans qu'elle eût besoin d'aucune initiation, se révélant d'elle-même,

d'instinct. Il trouverait, au contraire, dans
Henriette, la vierge confuse d'apprendre,
troublée de savoir, adorable dans ses rou-
geurs, chaste dans l'abandon, toujours
vierge par la pensée.

XX

Grâce à ces habiles parallèles, toutes à
l'avantage de Mme de Loustal, il parvint
pendant trois jours, sinon à oublier Esther
puisqu'il l'évoquait sans cesse pour la
mettre en face d'Henriette, du moins à
rendre son souvenir moins poignant. Mais,
le quatrième jour, l'image de Mme de Loustal
fut moins distincte, ses traits s'effacèrent
peu à peu, se voilèrent comme d'une légère

brume. Il voulait les revoir par la pensée, et le brouillard s'épaississait de plus en plus. Il cherchait les grands yeux doux d'Henriette, et c'était le regard profond, ardent d'Esther qui, tout à coup, brillait. Il évoquait le sourire mélancolique de Mlle de Loustal et il voyait les lèvres humides, rouges, entr'ouvertes d'Esther Sandraz. Il fermait les yeux pour fuir cette vision, il mettait les mains sur sa bouche pour que ces lèvres ardentes qui semblaient chercher les siennes, ne pussent en approcher ; efforts inutiles ! ses mains s'écartaient d'elles-mêmes, et Esther Sandraz triomphait. Il faisait alors à ses anciens souvenirs un appel désespéré, il contraignait à l'obéissance son imagination rebelle, et revoyait un instant le buste charmant, la taille élégante et fine d'Henriette. Il se levait, s'élançait vers elle, voulait la serrer dans

ses bras, la presser sur son cœur pour se
protéger contre lui-même ; mais Henriette
s'échappait, fuyait, remontait au ciel d'où
elle était descendue, et il tenait maintenant
entre ses mains la taille souple, cambrée,
d'Esther ; il pressait sur son sein l'admirable
poitrine de sa maîtresse délaissée.

XXI

Bientôt il dut renoncer à évoquer Mlle de
Loustal, à l'appeler à son secours ; elle
dédaignait d'apparaître, même pour fuir
l'instant d'après. Esther régnait seule dans
son imagination affolée. Il avait beau la
chasser ; elle revenait, souple, caressante,
provocante, voluptueuse, toujours superbe.

A chaque pas qu'il faisait dans son logis, dans leur nid d'amour, comme elle disait autrefois, il la voyait se dresser devant lui, élégamment habillée, coquettement coiffée, ou dans le désordre de la passion, ses longs cheveux épars. Elle apparaissait près de ce piano et il l'entendait chanter, de sa voix chaude, une délicieuse romance de son pays. Il la retrouvait, un instant après, étendue sur cette chaise longue, la taille renversée en arrière, le regard et la pensée flottant entre un souvenir et une espérance. S'il fermait encore les yeux pour ne plus la voir, un fin parfum dont elle avait le secret, s'échappait de ce boudoir entr'ouvert, montait jusqu'à lui et l'enivrait. S'il sortait pour fuir tous ces aromes, toutes ces visions, elle surgissait tout à coup sur cette promenade où il l'avait vue pour la première fois, devant ce magasin où elle s'arrêtait souvent avec lui, dans cette rue où ils passaient chaque jour ensemble : tous les pavés de Paris lui parlaient d'elle.

Il se sentit brisé, vaincu, terrassé, et six jours après sa rupture, n'y pouvant plus tenir, il courut chez Esther.

XXII

L'appartement de la rue de Sèze était vide.

Mme Sandraz était partie, la veille, seule, sans dire où elle allait, sans laisser aucun indice qui permît de la rechercher et de la retrouver.

Vandelle sut alors vraiment à quel point il l'aimait, quelle perte il avait faite, combien

7

cette étrange fille, rencontrée par hasard au milieu du tourbillon parisien, ressemblait peu à toutes les femmes qu'il avait pu connaître.

Quels liens puissants l'attachaient à elle ! Quelle empreinte ineffaçable elle avait laissée dans son cerveau ! Elle y avait marqué son chiffre au fer rouge, et tous les jours ce chiffre devenait plus profond, s'étendait, s'enfonçait plus avant. Ce n'était plus un chiffre, c'était une plaie brûlante, saignante.

Il la cherchait, il faisait mille efforts pour la retrouver, il courait éperdu vers tous les lieux où il pensait qu'elle avait pu se réfugier.

Efforts inutiles ! Elle s'était soustraite à toutes les recherches.

Et, pendant ce temps, les affaires de Van-delle allaient de mal en pis ; on le mettait

en demeure de retourner dans le Midi, de
conclure définitivement le mariage qu'on
lui avait proposé.

S'il tardait à se décider, c'était la ruine,
c'était la misère.

Après avoir perdu Esther, allait-il perdre
aussi le dernier espoir qui lui restait de
rétablir sa fortune ?

FIN DE LA PREMIÈRE PARTIE

DEUXIÈME PARTIE

I

Sur la pente d'une colline dont la Garonne, avant de rejoindre la Nesto, vient baigner la base, en face de la petite ville de Montréjeau, qui se dresse sur un plateau élevé, est située une charmante propriété, bien connue de tous les touristes pyrénéens. C'est la maison d'habitation de Félix Vandelle. Elle dépend de la commune de G .. et la grille principale du parc s'ouvre sur la

petite route qui conduit à la station du chemin de fer. Près de cette grille, s'élève un
joli pavillon Louis XIII, maison de garde
ou d'ami qui désire la solitude; il se com-
pose d'une grande pièce au rez-de-chaussée avec cheminée gothique en bois sculpté,
ameublement de l'époque et vieille tapisserie représentant la reine de Navarre au
milieu de sa cour. Le premier étage n'a
que deux chambres à coucher, meublées à
la moderne. Le toit est couvert en ardoises neuves; c'est de toute justice que
Henri Vandelle, propriétaire et directeur de
la plus belle ardoisière du département,
aujourd'hui en plein rapport, entretienne
avec soin les lieux qu'il habite, et surtout
ce pavillon où sa première jeunesse s'est
écoulée.

Deux allées partent de ce pavillon et
mènent, par une pente douce, à la maison

principale, construction moderne, greffée
sur les restes d'un petit château du sei-
zième siècle. Par une coquetterie de propriétaire, ces allées, au lieu de conduire
directement au château, promènent le visi
teur dans un jardin anglais de toute beauté,
au milieu de massifs de rhododendrons en
fleur, de lauriers et de troènes de grande
venue. Une petite rivière cailloutcuse, un
gave en miniature, ombragé de quelques
pins traditionnels, serpente à travers des
bouquets d'arbres et des pelouses émail-
lées de fleurs.

De la terrasse du château la vue est
magnifique : sur la droite, au premier plan,
l'habitation de M. de Lassus et ses belles
ruines d'un couvent des Augustins. Derrière, sur un plateau très-élevé, Montréjeau,
(Mont-Royal), qu'on prendrait volontiers
pour une petite place forte ; du même côté,

les vastes plaines qui s'étendent jusqu'à
Tarbes. Elles reposent la vue, avec leurs
eaux tranquilles et leur verdeur, du paysage
grandiose et agreste qui se déroule à gauche, au sud-est, du côté de Luchon. Dans
cette direction, par un ciel pur, l'œil est
ébloui ; c'est une gigantesque toile de fond.
un rideau de superbes montagnes, s'élevant
l'une au-dessus de l'autre et se noyant
dans l'infini. Ici les hauts sommets de Car
et de Cagire, le pic de Houcheton, le mont
Galié, le pic de Gar ; plus loin, du côté de
l'Espagne, la pique Blanche, le pic d'Albe
et un coin de la Maladetta avec ses glaces
éternelles.

II

C'est en face de ce magnifique horizon,

sur la terrasse du château, par une belle
après-midi d'août que nous retrouvons
Henri Vandelle, deux ans après l'avoir
quitté. Plusieurs personnes l'entourent :
l'avocat Raynal, nommé depuis six mois
substitut à Saint-Gaudens, et le maire de
G... M. Fourcanade, escorté de sa femme
et de sa fille.

Cette trinité municipale ne manque pas
de cachet : le mari, gros, court, ventru,
avec de petites jambes, de grands pieds
plats, un crâne chauve, entouré de cheveux
gris frisottant sur les tempes, de bonnes
grosses joues rougeaudes, veinées de bleu,
un double menton imberbe, une nuque
cramoisie, halée par le grand air, un cou
apoplectique, des yeux à fleur de tête, un
bon sourire encadrant une rangée de dents
blanches et saines. La femme, longue,
sèche, plate; un bâton recouvert d'un four-

7.

reau de parapluie. Elle possède un visage jaune, des cheveux d'un noir de jais,
achetés trois francs à quelque monta-
gnarde, un nez d'oiseau, des lèvres sèches,
rentrées, repliées intérieurement, comme
pour recouvrir des dents absentes. Elle est
belle parleuse, mielleuse, prétentieuse à
l'excès, autoritaire, surtout autoritaire, et
porte moralement l'écharpe de son mari.
La fille, âgée de dix-huit ans, ne paraît
pas en avoir plus de trente. La nature, en
veine de contraste, le jour où elle est née,
lui a octroyé la bonne grosse tête de son
père et le corps étriqué de sa mère, ce qui
la fait ressembler à une pomme plantée sur
une asperge. Elle est, hélas! le fruit malheureux des amours d'un homme trop gras
avec une femme trop maigre.

Quant à Raynal, l'ancien avocat devenu
substitut, il s'est fait une physionomie et

une attitude appropriées à sa nouvelle carrière : rasé comme un séminariste, la bouche sérieuse, l'œil profond, cravaté de blanc avec un col droit puissamment amidonné, droit comme un peuplier dans sa redingote boutonnée, il n'a plus rien du Raynal d'autrefois, si facile à griser, si loquace, empressé de plaire aux femmes.

Vandelle, aussi, paraît changé : l'air de ses montagnes, au lieu de lui redonner une nouvelle jeunesse, une nouvelle vie, de lui refaire un nouveau sang, a cerné ses yeux et pâli ses joues. C'est toujours le beau grand garçon d'autrefois, aux épaules solides, à la large poitrine, mais le jeune homme s'est fait homme. Les longues courses, les longues marches, les chasses pénibles, les caresses du vent et les baisers du soleil ne lui réussissent plus et cela n'a rien d'étonnant : certains Parisiens ne

peuvent impunément quitter leurs boulevards et changer d'habitudes. Ils vieillissent
et s'étiolent dans les pays bienfaisants où
d'autres reprennent des forces et se régé-
nèrent; les transplantations sont aussi dangereuses à certains hommes qu'à certaines
plantes.

Il est vrai de dire, cependant, que la
nature n'est peut-être pas seule coupable en
ce qui concerne Vandelle : elle ne demande
pas mieux que de lui sourire et de lui accorder ses faveurs pour le remercier de lui
être rendu, mais il pourrait bien ne pas
avoir la liberté d'esprit qu'elle exige de
ceux qui veulent profiter de ses largesses.
Il ne suffit pas que les pieds de l'enfant
prodigue soient attachés sur le sol vivifiant
où il est revenu, il faut encore que sa tête
ne se tourne pas trop souvent vers les
contrées fiévreuses autrefois habitées, que

des pensées malsaines ne le transportent
pas sans cesse où il n'est plus.

III

Raynal, grave et digne, causait depuis
un instant avec le maire de G... et l'interrogeait :

— Avez-vous beaucoup de braconniers
dans le pays, monsieur Fourcanade? lui
disait-il.

— Très-peu, monsieur le substitut. De
pauvres diables qui, n'osant pas chasser le
chamois dans la montagne, tendent un
collet dans la plaine pour se procurer
quelques douceurs... Les gardes ferment
les yeux.

— Ils ont tort, monsieur le maire, répliqua le substitut d'un ton sévère. C'est un encouragement à la paresse, au vagabondage, au vol. Je ne sais pas pourquoi on a fait du braconnage un simple délit ; l'homme qui prend votre gibier est aussi coupable que celui qui vole votre bourse ; nos lois sont trop indulgentes.

— On ne peut pourtant pas, pour un lapin, fit observer Fourcanade, envoyer un homme aux galères.

— Pourquoi pas, monsieur? On les pendait bien autrefois.

— Diable! vous êtes sévère, monsieur le substitut.

— La sévérité est le commencement de la justice... Je ne connais que deux catégories d'individus : les honnêtes gens et les malfaiteurs... Il faut que la société se défende ; répétez cette maxime à votre

garde-champêtre, monsieur le maire. La
police est très-mal faite dans l'arrondissement de Saint - Gaudens. Un de mes
collègues, nommé en même temps que moi
dans un département du Centre, a déjà
obtenu deux condamnations aux travaux
forcés, et ici je n'ai rien fait, absolument
rien fait... pas le plus petit crime à pour-
suivre... Ayez donc de l'avancement avec
cela !

Henri Vandelle venait de rejoindre le
maire et le substitut.

— Heureux mortel, dit-il à ce dernier,
vous êtes ambitieux.

— Certes, répondit Raynal, on n'entre
pas dans la magistrature debout pour rester
à la même place... Depuis que j'ai mis le
pied dans les parquets, je sens en moi
l'étoffe d'un procureur général... Mais il
faut une occasion, une circonstance, un bon

crime, bien retentissant... Fournissez-moi
cela, monsieur le maire. Que diable! il ne
manque pas de criminels dans ce pays!

— Je vous assure, monsieur le substitut,
fit en soupirant le maire, que nous en pro-
duisons très-peu.

Fourcanade s'éloigna pour rejoindre sa
femme et sa fille qui l'appelaient depuis un
instant, et qu'il craignait de mécontenter.

Resté seul avec Raynal, Vandelle, se
rappelant les théories autrefois soutenues
par son hôte, ne put s'empêcher de lui dire
en souriant :

— Quelle complète métamorphose depuis
deux ans, cher monsieur, dans vos opinions
sur les crimes et les criminels!

— Il y a deux ans, répondit le jeune
magistrat, j'étais avocat. Aujourd'hui je suis
substitut, et il est tout simple que j'aie
changé de principes en changeant de posi-

tion... Vous-même, mon cher monsieur Vandelle, ajouta-t-il, avouez que votre caractère, vos habitudes, votre genre de vie ont un peu varié.

— Vous pouvez dire beaucoup. Mes habitudes ont fait comme vos principes ; elles se sont modifiées avec le milieu... Chasser, manger, boire... Il n'y a pas ici d'autre façon de dépenser sa vie... et je suis devenu tout naturellement, par la seule force des choses, grand chasseur, grand mangeur, grand buveur... Je n'ai jamais rien su faire à demi.

— Mais vous devez avoir d'assez grandes occupations ?

— Lesquelles ?

— Votre usine, vos affaires.

— Mon usine ? Elle marche toute seule : les machines marchent à la vapeur, les ouvriers marchent comme les machines,

les bureaux fonctionnent comme les ateliers.
Tous les samedis, la paie, tous les mois
les échéances, tous les ans, l'inventaire.

— Et les millions au bout.

— Après? demanda Vandelle.

— Eh bien! après... l'ambition : conseiller général, député, ministre.

— Il manque pour cela une condition.

— Laquelle?

— Le désir d'être quelque chose, fit
Vandelle.

— Quoi! vous ne désirez rien?

— Si, j'ai un idéal.

— Voyons.

— Celui d'arriver à la félicité de la
brute; comme M. le maire qui vient de
s'endormir là-bas.

— Allons donc!

— Voilà le sublime de l'existence...
L'homme a deux ennemis, ses sens et son

âme... Il faut briser le corps par la fatigue et tuer l'esprit par le sommeil.

— C'est-à-dire vaincre les souvenirs douloureux, n'est-ce pas ? fit le substitut d'un air fin.

— Vous croyez que je souffre de mes souvenirs. Lesquels ?

Raynal s'arrêta en jetant un regard profond sur Vandelle :

— Ceux, dit-il, qu'a pu vous laisser Mᵐᵉ Esther Sandraz.

— Esther ! fit Vandelle en tressaillant. Vous la connaissez ?

— Je devrais la connaître, fit Raynal, renonçant à ses grands airs de magistrat et redevenant ce qu'il était : un charmant garçon. Mais, hélas ! le jour où je me suis rencontré avec elle chez vous, votre dîner avait été si bon, vos vins si capiteux, que,

ma foi! oserai-je l'avouer? je m'étais
assoupi... De grâce, ne réveillons pas ces
souvenirs.

— Permettez-moi de vous faire observer,
dit Vandelle, que vous êtes entré le premier
dans la voie des souvenirs, mais vous pouvez
sans danger évoquer les miens : ils se sont
effacés depuis longtemps.

— Cela devait être, crut devoir répliquer
galamment Raynal : Mᵐᵉ Vandelle, qui
s'avance vers nous, est si charmante... A
propos, quel est donc ce jeune homme qui
cause avec elle? Je le vois pour la première
fois dans l'arrondissement, et, vous con-
cevez, comme magistrat...

— Vous devez connaître tout votre per-
sonnel. Eh bien! ce jeune homme est un
cousin éloigné de ma femme et un ami
d'enfance, si je ne me trompe. Il s'appelle
Olivier Deschamps, sort de l'Ecole centrale

et cherche une place d'ingénieur dans le
pays.

— Prenez-le chez vous.

— Non pas; je n'ai aucun besoin de lui.

IV

Cette réponse aurait été pénible à Henriette, si elle l'avait entendue. Elle formait
justement, en ce moment, le projet de placer
dans la fabrique de son mari le jeune
ingénieur.

— Je voudrais, mon ami, lui disait-elle,
tout en se promenant avec lui dans une
allée du parc, vous voir commencer ici,
dans ce pays qui fut presque notre berceau
à tous deux, votre carrière que je pressens

belle et utile... Je voudrais être pour quelque chose dans vos premiers pas.

— Oh! ma chère Henriette, répondait
Olivier, si vous saviez quel bien me font
vos paroles! Comme c'est bon de sentir
qu'on n'est pas seul au monde!... Souvent
je me disais, à Paris : « Ai-je encore une
sœur, et combien de temps l'aurai-je? Elle
se mariera, et mon souvenir s'effacera de
sa mémoire. »

— Ni de ma mémoire, ni de mon cœur,
mon ami..

— Que suis-je pour vous?

— Vous êtes le souvenir vivant et bon
de mon heureuse enfance... Vous êtes le
premier protecteur, le premier appui, la
première affection que j'aie trouvée hors du
seuil paternel... Votre main est la première
qui m'ait soutenue quand j'ai quitté la main
de ma mère... Vous aviez quatre ans de

plus que moi, vous étiez déjà un jeune
garçon et je n'étais encore qu'une toute
petite fille... Je me rappelle tout; nos jeux,
nos courses dans la campagne, où vous
écartiez du pied les cailloux qui se trouvaient
sur mon chemin; où vous me preniez dans
vos bras déjà forts, pour me faire franchir
les ruisseaux et les haies; tout, jusqu'à
ce jour où vous vous êtes jeté si bravement,
devant moi, contre ce cheval affolé qui
nous aurait pulvérisés tous deux.

— Vous vous rappelez tout cela ?

— Il n'y a pas si loin de ces jours, et
pour les effacer de ma vie, je n'ai pas eu
encore d'assez grandes douleurs, ni d'assez
grandes joies.

Elle disait cela d'une voix douce, harmonieusement timbrée ; ses grands yeux
bleus, voilés de longs cils, regardaient
franchement Olivier, sa bouche lui souriait

d'un sourire un peu triste, mais plein de
charme. Deux années de mariage avaient
parfait cette beauté, que le Parisien Vandelle, lui-même, gâté par tant de bonnes
fortunes, admirait autrefois. La jeune fille,
incomplète sous quelques rapports, aux
contours encore indécis, était passée femme
accomplie ; le regard s'était attendri, le
nez avait de ces petits battements nerveux
qui indiquent des sensations diverses, la
lèvre était plus humide, le sang circulait
plus actif sous une peau d'une finesse
extrême. La fleur s'était entr'ouverte à la
vie et sa tige elle-même participait à cette
éclosion, à ce gracieux épanouissement ;
les épaules avaient pris des rondeurs
exquises, le buste, un peu trop virginal,
s'était développé, la taille ondulait mol-
lement. Sans avoir rien perdu des grâces
de la jeune fille, Henriette de Loustal

laissait deviner qu'elle commençait à connaître les secrets de la femme.

Son compagnon, Olivier Deschamps,
pouvait avoir vingt-cinq ans ; il était de taille
moyenne, mince, élégant, portait toute sa
barbe, brune, pressée, et des moustaches
épaisses au travers desquelles perlaient
des dents charmantes. Ses sourcils très-
fournis, son regard un peu mélancolique
au repos, mais ferme lorsqu'il le fixait sur
quelqu'un, semblaient indiquer de la volonté
et de l'énergie. C'était encore un jeune
homme, mais à certains plis de son front,
à son sourire triste par instant, on comprenait que la vie ne lui avait pas toujours
été clémente, et qu'il en connaissait les
rudesses.

8

V

Lorsque Mme Vandelle eut fini de parler, Olivier, qui l'avait écoutée en silence, lui dit tout à coup :

— Je voudrais vous demander une chose, Henriette.

— Demandez, fit-elle en lui souriant.

— J'ai peur, continua-t-il, que vous ne soyez pas heureuse.

— D'où vient cette crainte, mon ami ?

— Vous aime-t-on comme vous méritez qu'on vous aime ?

— Je ne sais pas comment je mérite d'être aimée ; mais je crois que M. Vandelle a pour moi une affection sympathique et loyale.

— Et c'est tout?

— Je ne connais pas bien la vie, mon ami; mais le peu que j'en ai vu me donne à penser qu'il ne faut pas être trop exigeant en fait de bonheur.

— Et vous l'aimez?

— Loyalement, sincèrement, comme je désire, comme je crois qu'il m'aime... Nous n'avons pas fait un mariage de passion... Je connaissais peu M. Vandelle, qui venait rarement dans le Midi. Il ne me déplaisait pas, voilà tout... Quand on me proposa ce mariage comme le seul moyen de sauver sa fortune presque perdue, et la mienne bien compromise, je consentis sans enthousiasme, mais sans répugnance. « S'il est bon, me dis-je, je l'aimerai », et j'avais confiance qu'il serait bon.

— L'a-t-il justifiée, cette confiance? Qu'y a-t-il entre vous? D'où vient cette froideur qu'il vous témoigne, que j'ai déjà remarquée, et dont vous souffrez?

— Vous vous trompez, je ne souffre pas, je me sens seulement un peu isolée. Mon mari a besoin d'exercices violents, de distractions que je ne puis partager... C'est une nécessité de sa santé et de son humeur... Du reste, mon isolement va cesser. J'aurai bientôt une société, une compagne, et, s'il est possible, une amie... J'ai obtenu de lui qu'il écrivît à Paris, pour qu'on me cherchât une jeune personne, honnête, bien élevée, qui consentît à venir près de moi en qualité de lectrice et de dame de compagnie... Que je trouve cette personne, que son caractère me plaise, que ses goûts sympathisent avec les miens, et je m'accommoderai facilement des habitudes de M. Vandelle.

Il la regarda un instant. Puis, sortant de son calme, élevant la voix, il s'écria :

— Et voilà tout ce que vous demandez
à la vie, vous qui méritez toutes les tendresses, toutes les joies? Vous vous con-
tentez de la bonté banale de cet homme!
Ah! ce mariage! ce mariage qui me désespère, ce mariage que j'ai maudit, en
déchirant mon cœur, ne vous rend pas heureuse... et je n'aurai pas même la consolation d'être seul à souffrir !

— Que signifient ces paroles, Olivier? fit-
elle en essayant de prendre un ton sévère.

— Pardon, pardon, continua-t-il, elles
se sont échappées malgré moi... Elles dé-
bordaient de mon cœur... Je suis trop
malheureux... Je souffre trop!... Ne sa-
viez-vous donc pas, Henriette, que je vous
aimais?

— Taisez-vous! taisez-vous! Olivier;
voulez-vous me faire repentir de l'accueil
affectueux que je vous ai fait?

— Henriette, ma sœur...

— Votre sœur... oui, votre sœur... C'est pour ce nom, c'est pour nos souvenirs d'autrefois, c'est à ce titre que je vous pardonne. Ces paroles, qui sont une folie et une offense, je ne veux pas me les rappeler... Vous ne les avez pas prononcées; je les ai pas entendues... Je ne me souviens que de votre amitié d'enfance... Gardez-la-moi, sainte et pieuse, comme je l'ai moi-même conservée... Henriette est devenue Mme Vandelle, ne l'oubliez pas... Allons, tout est dit là-dessus; donnez-moi votre bras, mon frère; il faut que je rejoigne mes hôtes, que, sans reproche, j'ai trop longtemps négligés pour vous.

Pendant leur long entretien, le jour avait baissé, les premiers feux du soleil couchant éclairaient les eaux tranquilles de la Garonne et les flots tourmentés de la

Neste; toutes les montagnes de l'horizon se dessinaient nettement dans un ciel pur qui commençait à rougir; sur les hauts sommets, les neiges et les glaciers s'apprêtaient à s'empourprer comme le ciel.

VI

Lorsqu'Henriette reparut sur la terrasse du château, le maire discourait avec Raynal et Vandelle.

— Que vous êtes heureux, messieurs, leur disait-il, d'avoir passé votre jeunesse à Paris!... Moi, je n'ai connu qu'en rêve les soupers, les parties fines, ce qu'on appelle enfin, m'a-t-on dit, la vie de polichinelle.

Mme Fourcanade s'était approchée doucement, et, prenant tout à coup le bras de
son mari :

— Il me semble, monsieur, lui dit-elle,
que sans quitter votre province, vous avez
été assez polichinelle comme cela.

— Mon Dieu, ma bonne amie, fit le
maire un peu troublé, cela ne se compare
pas. Les bamboches de Paris et celles des
départements n'ont pas la même saveur...
Les femmes, surtout, dans la capitale, ont
un montant qu'on ne trouve pas en province.

— Fi ! monsieur, fi !... s'écria Mme Fourcanade, à deux pas de votre fille... un père
de famille, un magistrat municipal, le maire
de son endroit !... tenir de pareils propos !

— Je ne tiens plus que les propos, répondit le maire en soupirant, et, comme il

craignait d'avoir de nouveau scandalisé sa
femme, il s'empressa de se retourner vers
Raynal et lui proposa de passer dans la
salle de billard en attendant le diner.

— Je ne joue pas au billard, fit observer
le substitut.

— Comment! vraiment? s'écria le maire.

Mᵐᵉ Fourcanade profita de l'occasion pour
intervenir de nouveau.

— Eh bien, de quoi vous étonnez-vous?
dit-elle aigrement à son mari. N'allez-vous
pas vous imaginer que M. le substitut est
un pilier d'estaminet comme vous?

Le maire se redressa :

— Je vais au café, madame, dit-il avec
dignité, dans l'intérêt de la chose publique... C'est là seulement qu'on est appelé
à faire de la bonne administration.

— Bah! fit Raynal.

— Sans doute... Vous ne vous imaginez

pas, monsieur le substitut, combien un bol
de punch, offert à propos, peut avoir d'influence sur les délibérations d'un conseil
municipal... Et les élections! Voilà vingt
ans que je suis maire sous tous les régi-
mes... Eh bien, monsieur, ma commune
a toujours voté comme un seul homme pour
le candidat du gouvernement, n'importe lequel... Et c'est au café que l'administration doit ses triomphes.

— Comment cela?

— C'est bien simple...Voilà Crabioules
qui dispose de trente voix pour le candidat
de l'opposition... Je lui joue ses trente
voix aux dominos... et je gagne... Aux
élections suivantes, le parti de Crabioules
est au pouvoir... C'est Barbazan qui était
pour autrefois et qui est *contre* aujourd'hui.
Je provoque Barbazan au billard... et en
vingt et un carambolages, j'enlève ses voix.

Voilà comment on administre une commune.

Tout à coup, le maire s'interrompit pour consulter sa montre.

— Messieurs, fit-il, je vous prends à témoin que l'express de Paris par Toulouse est en retard de trois minutes et demie.

Depuis le jour où la station de Montréjeau avait été établie, M. Fourcanade, auquel sa petite fabrique d'objets en bois et ses devoirs municipaux faisaient des loisirs, s'était donné la mission de surveiller la Compagnie du Midi. On l'aurait pris pour un employé, tant il était exact à se trouver sur le passage des trains de grande et de petite vitesse. A la longue, il avait même pris l'habitude d'étendre le bras comme un cantonnier pour indiquer que la voie était libre. Aux heures où l'express de Paris

s'arrêtait à Montréjeau, on le voyait ac-
courir à la station. Il se précipitait au
buffet, dévisageait les voyageurs, essayait
de les frôler et de lier conversation avec
eux. « Ils m'apportent, disait-il, comme
un parfum parisien; il me semble que
j'arrive de la capitale et j'oublie l'immense
distance qui m'en sépare. »

Lorsqu'il rencontrait une jolie Parisienne,
il avait pour elle des attentions paternelles.
« Madame peut déjeuner tranquillement,
lui disait-il, elle a plus de vingt minutes;
je la préviendrai au moment opportun. »
Et il allait, il venait, il consultait sa montre,
la réglait sur le cadran du chemin de fer,
s'entretenait avec le maître du buffet, les
chefs, les sous-chefs de gare, le commissaire de surveillance administrative, devenus ses amis. Quelquefois il élevait la
voix : « Encore cinq minutes pour les

voyageurs de Pierrefite et de Tarbes, criait-il, dix minutes pour Luchon, un quart d'heure pour Toulouse. »

Et, lorsque le moment de partir était arrivé, il s'élançait vers sa voyageuse de prédilection, l'obligeait à lui confier son sac de nuit et l'aidait à monter dans le compartiment des dames seules.

— Je viens de faire un tour sur le boulevard des Italiens, disait-il en rentrant à la mairie.

Hélas! le 6 septembre 1877, M. Fourcanade dînait chez Vandelle, en compagnie de sa femme et de sa fille, et il lui fut impossible de se rendre à la gare de Montréjeau pour le passage de l'express. C'était jouer de malheur : il aurait vu descendre, ce jour-là, du train, une voyageuse comme il les aimait : grande, élancée, mise simplement, mais avec un goût parfait.

9

Un plaid de voyage, en laine légère, couvrait ses épaules larges et son buste développé, sans cacher entièrement sa taille souple et fine ; une jupe en étoffe de couleur neutre enserrait des hanches nettement dessinées. Sous un demi-voile qui venait mourir aux lèvres et permettait d'en admirer le contour gracieux, la coloration puissante, on distinguait des traits charmants et un œil ardent, inquiet, fouillant tous les points de l'horizon.

Elle était seule. Fourcanade aurait pu lui offrir ses services, et, chose extraordinaire, Montréjeau paraissait être le terme de son voyage. Elle s'arrêtait à Montréjeau ! ce qui ne s'était peut-être pas vu de l'année.

En effet, au lieu de se promener sur le quai de la gare ou de se rendre au buffet, elle se dirigea vers la sortie, donna son billet, prévint qu'elle laissait ses bagages à la consigne, et, s'adressant à un homme du pays :

— Veuillez, lui dit-elle, m'indiquer le chemin que je dois prendre pour me rendre chez M. Vandelle.

Lorsqu'elle fut renseignée et qu'elle sut qu'un kilomètre à peine la séparait du château, elle refusa la carriole qu'on lui offrait et suivit d'un pas délibéré la route indiquée.

Un quart d'heure après, elle pénétrait dans le parc, et, apercevant un jardinier, elle le pria d'aller prévenir son maître qu'une dame, arrivant de Paris, désirait lui parler en particulier.

Le jardinier, avant de se mettre en route, lui ouvrit le salon du petit pavillon Louis XIII, situé à l'entrée de la propriété.

Dix minutes s'écoulèrent, puis Henri Vandelle apparut au bout de l'allée qui conduisait au pavillon. Il marchait d'un pas rapide, regardait curieusement dans la direction indiquée par son jardinier. Que pouvait-on lui vouloir? Quelle était cette dame venue de Paris? Il cherchait une demoiselle de compagnie pour sa femme, et il s'était adressé à plusieurs de ses amis, mais on ne lui avait pas encore répondu. Du reste, la personne qu'il désirait, en admettant qu'elle arrivât sans être annoncée, n'aurait pas demandé à lui parler et se serait présentée directement à Mᵐᵉ Vandelle.

Près du pavillon, dont la porte était grande ouverte, il s'arrêta et regarda :

Au rez-de-chaussée, dans le salon aux vieilles tapisseries, une femme, en effet, était assise, mais elle lui tournait le dos et paraissait ne pas s'émouvoir de son approche.

Il entra.

VII

Alors l'étrangère se leva lentement, puis se retourna brusquement.

— Esther! s'écria-t-il.

— Oui, moi! Esther Sandraz, fit-elle.

La surprise était trop grande, l'émotion trop vive; il se sentit défaillir et fut obligé de s'appuyer contre la muraille pour ne pas tomber.

Il la regarda d'abord quelque temps sans parler. Puis, se sentant plus fort, il fit deux pas en disant :

— Vous! vous ici?

Elle ne répondit pas ; elle restait debout, immobile, les yeux fixés sur les siens.

Enfin, emporté par un élan irrésistible, oubliant où il se trouvait, et sa situation, et les dangers qu'il courait, il s'élança vers elle.

— Toi que je désespérais de revoir, s'écria-t-il, te voilà ici !... Ce n'est pas un rêve... C'est toi, c'est bien toi... Mais comme tu me regardes !... Je suis changé, n'est-ce pas ?... C'est l'air, c'est la vie, c'est ton amour qui me manquaient... Que tu avais raison en disant que nos souvenirs nous riveraient l'un à l'autre... Ah ! j'ignorais leur mystérieuse puissance... Sans quoi... Que de fois j'ai maudit ce mariage... J'ai regretté la misère qui m'attendait, la misère avec toi !... D'où viens-tu ? Où étais-tu ? je t'ai écrit... je t'ai cherchée...

— Je le sais.

— Tu le savais et tu restais cachée!...
Tu te vengeais?

— Oui.

— Mais à la fin l'amour a vaincu la colère.
Est-ce que nous pouvons vivre l'un sans
l'autre? Tu as pardonné et tu as compris...
Pouvais-je éviter ce mariage?... Si je ne
l'avais pas fait c'était la ruine pour moi...
pour toi... Que serions-nous devenus
l'un et l'autre dans ce gouffre parisien,
avec nos habitudes de luxe, sans ressources
d'aucune sorte?

Il s'arrêta pour la contempler : il paraissait métamorphosé, son visage s'était
éclairé, son regard brillait. Il rajeunissait,
en un instant, de toutes les tristes années
qu'il venait de vivre.

Dans son enivrement, sa folie, il perdait

en même temps conscience de ses devoirs, de toute dignité.

— Ah! que tu es belle! mon Esther, s'écriait-il, plus belle que dans mes souvenirs... Non, quand je t'appelais, quand j'évoquais ton image, dans le paroxysme de mon désespoir, dans la fièvre de mon amour, je ne te voyais pas ainsi!... Mais parle-moi, réponds-moi!... Tu viens me chercher, n'est-ce pas? Partons, je suis prêt... Où allons-nous?

— Nulle part, fit-elle d'une voix calme.

— Tu préfères rester à Paris. Soit! j'irai t'y rejoindre, je puis m'absenter des mois entiers... Aimes-tu mieux t'installer dans ce pays?... dans les environs?... à Saint-Béat, à Luchon, où tu voudras... Je te louerai, je t'achèterai une maison, un château, des voitures, des chevaux... Je te ferai la vie luxueuse, grande, digne de toi, de ta distinction, de ton esprit, de ta beauté...

Elle l'arrêta par ces mots :

— Vous supposez alors que je reviens, au bout de deux ans, pour accepter les propositions que j'ai déjà refusées ?

Cette phrase, la façon dont elle fut prononcée, le sang-froid d'Esther calmèrent l'exaltation de Vandelle.

— Que voulez-vous donc? fit-il étonné et comme s'il sortait d'un rêve. N'êtes-vous revenue que pour repartir ?

— Non, je reste ici.

— Comment, ici?... Ici ! répéta-t-il, effrayé.

— Oui ! fit-elle, sans se départir de sa tranquillité, je viens habiter chez vous.

Stupéfait, il dit à deux reprises :

— Chez moi! chez moi !

— Sans doute, reprit Esther; ne cher-

9.

chez-vous pas, pour Mme Vandelle, une dame de compagnie, une lectrice ?

— Eh bien?

— Eh bien, je viens occuper cette place.

— Vous ?

— Moi !

— C'est insensé.

— Peut-être.

— Impossible !

— J'aime les choses impossibles, vous le savez bien.

— Mais dans quel but ?

— Je n'ai pas besoin de vous le dire, vous le verrez...

VIII

Comme il allait l'interroger de nouveau, elle prit une chaise, s'y assit à moitié, et

l'épaule droite appuyée sur le dossier de
la chaise, le bras recourbé, elle continua,
de sa voix lente et cadencée :

— Comment ! vous prétendez que vous
m'aimez toujours : depuis deux ans vous
ne pensez, vous ne rêvez qu'à moi; vous
étiez désespéré de m'avoir perdue. Sans
moi l'air vous manque, la vie vous aban-
donne... et, quand je viens vous offrir
de vivre à côté de vous, sous votre toit,
de ne plus vous quitter, d'être là, sans
cesse, sous vos regards, vous refusez de
me recevoir, vous me repoussez, au risque,
cette fois, de me perdre pour toujours....
C'est cela qui est insensé, mon cher !

Il voulut répliquer. Elle se leva, marcha
vers lui, posa une main sur son épaule et
dit ces simples mots :

— Vous allez me présenter à votre femme,
je le veux.

Il tressaillit. Mais, se remettant aussitôt :

— Ma femme, fit-il, ne commettra pas l'imprudence de vous admettre dans son intimité, de vous faire partager sa vie... Vous êtes trop jolie, votre beauté l'effrayera.

— Ma beauté, répondit-elle, ne fera pas sur Mme Vandelle la même impression que sur vous. Les femmes n'ont pas les unes pour les autres de ces enthousiasmes que nous vous inspirons à vous autres... Puis Mme Vandelle est jolie aussi, très-jolie, on me l'a dit, et elle a trop d'amour-propre pour craindre une rivale. Je saurai, du reste, par la simplicité de ma mise, par mon maintien, me soustraire à tout danger... Je me ferai si petite, je tiendrai si peu de place qu'on ne songera pas à me regarder.

— Mais, reprit Vandelle, ma femme ne

vous acceptera pas sans recommandations, sans lettres.

— Des lettres, fit-elle tranquillement, j'en ai.

Elle tira de sa poche un petit portefeuille en cuir de Russie, y prit deux lettres et, comme le jour commençait à baisser, elle s'approcha d'une fenêtre et se mit à lire, en donnant à sa voix le plus d'expression possible, en passionnant sa lecture :

« Esther, je ne puis plus me passer de
« toi. Je t'aime plus que jamais ! je t'aime
« comme un fou ! Notre passé se dresse
« devant moi. Je suis tout enfiévré... Ma
« tête est en feu... le souvenir de nos
« amours passées me brûle, me dévore !
« Dis un mot et j'accours vers toi, et je
« suis pour la vie ton esclave... »

Elle s'interrompit et, s'adressant à Vandelle :

— C'est une lettre que vous m'avez
écrite un mois après votre mariage, lui
dit-elle. Vous l'avez adressée, à tout
hasard, rue de Sèze, où une personne
sûre venait chercher ma correspondance
et me l'envoyait dans la retraite que vous
n'avez pu découvrir... Mais ce n'est pas
tout. En voici une autre ; elle est datée
comme la précédente. Ecoutez :

« Je ne sais pas si mes lettres te sont
« parvenues. Je ne sais si celle-ci te
« parviendra. Où te caches-tu ? où me
« fuis-tu ? J'ai fait pour te retrouver mille
« recherches, mille démarches... N'es-tu
« pas assez vengée par les tortures que je
« subis ? Ah ! elles sont intolérables, je te
« le jure !... Pourquoi te venger ? puisque
« je ne l'aime pas... puisque je ne puis
« pas l'aimer... Ton souvenir me sépare
« d'elle, m'en séparera toujours... Je ne

« saurai jamais retrouver auprès d'une
« autre femme nos chères voluptés...
« Ecris-moi, reviens, pardonne... Impose
« tes conditions. Je les accepte à l'avance...
« je les accepte... Fais de moi ce que tu
« voudras, je me meurs de toi... »

— Eh bien ! demanda-t-il, lorsqu'Esther
eut terminé sa lecture, quel usage prétendez-
vous faire de ces lettres ?

— Aucun usage, si vous me présentez
aujourd'hui à votre femme, comme la dame
de compagnie qu'elle attend... Vous lui
direz ce que vous voudrez ; cela ne me
regarde pas... Je puis vous avoir été
recommandée par une personne en qui
vous avez toute confiance, une de vos
parentes, au besoin... M⁻ᵉ Vandelle ne lit
pas vos lettres, je suppose... Malgré la
distance qui nous séparait, je ne vous ai
pas perdu de vue ; et, d'après tous mes

renseignements, vous êtes bien le maître chez vous.

— C'est vrai, mais à la condition que je fasse des choses justes et des choses sensées.

— Vous ferez pour cette fois une folie.

— Et si je ne la fais pas ? demanda-t-il.

— Inutile de vous répondre. Vous la ferez... par ennui de la vie que vous menez dans ce pays... par amour pour moi... et, ajouta-t-elle en montrant les lettres, par crainte.

IX

Henriette Vandelle et sa demoiselle de compagnie sont assises dans un petit salon d'été, tapissé de perse.et qui fait suite au grand salon gothique du château. Par la porte vitrée s'ouvrant sur la terrasse, on aperçoit toute la ligne des montagnes magnifiquement éclairées. Le ciel est d'un bleu transparent, sans un nuage, sans un flocon blanchâtre; à l'horizon seulement, de légères vapeurs, écloses sur la terre échauffée de quelque plateau, montent lentement vers les hauts sommets, dérobent un instant aux regards un pic élevé, puis montent encore et disparaissent derrière les cimes les plus lointaines.

De la terrasse où s'épanouissent les dernières fleurs d'été mêlées aux premières de l'automne, de la charmille voisine, des pelouses où l'herbe vient d'être coupée, mille senteurs pénétrantes se dégagent, et, poussées par une brise légère, s'épandent dans le salon.

Esther Sandraz, que tout le monde, chez

Vandelle, depuis trois semaines qu'elle est arrivée dans le pays, appelle Claire Meunier, lit à haute voix un de nos romans modernes et Henriette a laissé sa tapisserie, pour l'écouter plus attentivement. Tout à coup cependant elle l'interrompt en disant :

— Que ces passions sont fausses, ces sentiments exagérés !

— Vous trouvez, madame? fit Esther en relevant la tête et en repoussant le livre.

— Je comprends qu'on défende ces sortes de lectures. Elles agitent, elles troublent et ne vous laissent rien de bon dans le cœur.

— C'est étrange ! Cela ne me trouble pas le moins du monde !

— Quoi! mademoiselle, vous comprenez l'amour criminel de cette femme... mariée à un homme qui l'aime... Cette passion aveugle, désordonnée pour ce jeune homme qu'elle connait à peine, qu'elle n'avait jamais vu ?

— Je la comprendrais mieux en effet, répliqua négligemment Esther, si elle le connaissait depuis longtemps, si cet amour datait de l'enfance.

— Ah! ne put s'empêcher de faire Henriette.

— Et si le mari, continua Claire Meunier, au lieu d'aimer sa femme, ne lui témoignait que de l'indifférence et de la froideur.

— Est-ce donc une raison? demanda la jeune femme étonnée.

— Quand on raisonne, non... Mais le dépit, la douleur, la passion ne raisonnent pas... Et puis... il est des souvenirs si doux, si tendres... des comparaisons si dangereuses que l'abandon éveille, que la tristesse évoque.

Elle s'était levée et, debout, près de la cheminée, elle rangeait dans un vase des fleurs cueillies le matin. Tout à coup elle se retourna vers Henriette et laissa tomber ces mots :

— M. Vandelle chasse beaucoup depuis quelques jours.

— A quel propos me parlez-vous de M. Vandelle? fit la jeune femme en relevant la tête.

— Mais, répondit Esther, d'un ton tout naturel, à propos du coup de fusil qui vient d'être tiré près du château... M. Vandelle ne tardera pas à nous rejoindre.

Elle s'approcha de la porte vitrée, fit un pas et ajouta :

— Je ne m'étais pas trompée ; quelqu'un traverse le parc... Oh! mais non, fit-elle au bout d'un instant, ce n'est pas lui...

— Est-ce donc une visite? Déjà! fit Henriette sans quitter sa place; M. le maire peut-être, ajouta-elle en souriant.

— Non, répondit Esther, midi vient de sonner, et M. Fourcanade doit être à la gare de Montréjeau. Le train de Luchon est attendu, et M. le maire nous a avoué qu'il n'en manquait pas un seul en ce moment, qu'il voulait dire adieu au dernier Parisien attardé dans nos montagnes... Ah! continua-t-elle, en rentrant dans le salon et sans perdre de vue Henriette, je suis fixée maintenant... C'est ce jeune homme qui est parti, il y a trois semaines, le lendemain de mon arrivée ici, et qui paraissait si triste de quitter cette maison... Mais qu'avez-vous donc, madame?

— Ce que j'ai? fit Henriette troublée, pourquoi cette question?

— J'avais cru remarquer, fit Esther,

comme un frisson. Cette porte ouverte peut-
être...

— Oui, veuillez la fermer.

Pendant qu'Esther Sandraz obéissait en
jetant un long regard sur M⁰ᵉ Vandelle,
un domestique entra, et, s'adressant à
Henriette :

— M. Olivier Deschamps, fit-il, demande
si madame peut le recevoir.

— Certainement... qu'il entre, répondit la jeune femme.

Esther prit sur le guéridon le román dont
la lecture avait été interrompue et alla
s'asseoir sur un canapé d'angle, à l'extrémité du salon.

X

Olivier venait d'entrer, et, à peine se fut-il approché de M⁰ᵉ Vandelle que celle-ci l'interrogea vivement.

— Eh bien ! mon ami, fit-elle, quelle nouvelle apportez-vous ? Avez-vous trouvé dans le pays la place que vous désiriez ?

— Je n'ai rien trouvé, répondit Olivier, j'ai vainement cherché dans toutes les usines... partout la même réponse : « Nous n'avons besoin de personne. » Des promesses vagues de penser à moi pour l'avenir... qui n'engagent à rien et qu'on a oubliées avant que j'aie franchi le seuil de la porte, voilà tout... Mais je ne songe pas à vous demander des nouvelles de votre

santé... Vous me semblez pâle... Souf-
frez-vous?

— Non, du tout... je suis très-bien, au
contraire... Parlons de vous... Qu'allez-
vous faire ?

— Je retourne à Paris.

— Ah ! vous espérez y trouver...

— J'espère, par mes amis, par mes collègues, obtenir une place à l'étranger.

— A l'étranger !...

— Oui. Notre école fournit beaucoup
d'ingénieurs aux pays lointains qui s'é-
veillent à l'industrie.

— Quitter la France, fit-elle tristement,
et pour si longtemps!...

— Pour longtemps, oui... pour toujours,
peut-être... Quand on part, sait-on si l'on
reviendra?

— Seul, si loin, dans ces pays inconnus,
au milieu d'étrangers, d'indifférents!

— Seul là-bas, ou seul ici!... Ce n'est pas la solitude qui m'effraie. J'aurais voulu rester dans ce pays près de... près de mes souvenirs d'enfance... Du moment que c'est impossible, peu importe le coin de terre où je vivrai.

Claire Meunier, qui n'avait pas prononcé un mot depuis l'arrivée d'Olivier et s'était contentée de l'observer derrière le livre qu'elle semblait lire attentivement, crut pouvoir prendre la parole.

— Pardon, madame, fit-elle, mais il me semble avoir entendu dire qu'il y a, en ce moment, une place vacante à l'usine.

— Je le sais, mademoiselle, répondit Henriette assez sèchement.

— Excusez-moi, je croyais que vous l'aviez oublié.

Je vous remercie.

10

Olivier s'était retourné vers celle qui venait d'intervenir.

— Une place ici ? fit-il, étonné.

— Oui, reprit Mlle Meunier, qu'on interrogeait directement. Une place d'ingénieur pour les machines. Hier soir, encore, M. Vandelle en parlait.

Elle se leva, déposa son livre sur le guéridon, et s'adressant à Henriette :

— Je vous demande pardon de vous quitter un instant, madame, lui dit-elle, mais le courrier va partir bientôt et j'ai un mot à écrire.

— Ne vous gênez pas, mademoiselle, fit Henriette.

Lorsque Mme Vandelle fut seule avec Olivier, elle se tourna vers lui et lui dit :

— Je savais qu'il y avait une place vacante ici... J'ai hésité, j'hésite encore à la demander, parce que... mais j'ai tort, n'est-pas? Je suis sûre de vous... Le passé est bien mort... Nous oublierons tous deux ces paroles qui vous sont échappées, il y a quinze jours... Vous ne verrez en moi qu'une sœur... une amie... Qu'en pensez-vous, Olivier? Puis-je demander cette place, serez-vous heureux de l'obtenir?

— Heureux du bonheur de vivre auprès de vous... vous en doutez!...

— Non, si vous parlez ainsi, je ne la demande pas... Dites le bonheur d'avoir une position, de remplir un devoir.

— Je vous promets qu'aucune parole qui puisse vous offenser ne sortira de mes lè-vres. Je réponds de moi, je me sens fort... Votre amitié m'est trop précieuse pour que je m'expose à la perdre... Mais laissez-moi dire que ce serait un bonheur pour moi de rester auprès de vous... Un frère n'est-il pas heureux de vivre à côté de sa sœur?

— S'il en est ainsi, prenez congé de moi, j'entends mon mari et je désire être seule avec lui, pour parler de vous.

XI

Quelques minutes après, Henri Vandelle, qui venait de quitter son costume de chasse, entrait dans le salon. Il espérait sans doute y trouver Esther Sandraz. Lorsqu'il vit qu'elle était absente, il fit mine de se retirer, après avoir échangé quelques paroles insignifiantes avec sa femme.

— Je vous demande un instant d'entretien, mon ami, fit Henriette au moment où il sortait.

Il s'arrêta, et revenant sur ses pas, d'un air maussade :

— Qu'avez-vous à me dire? demanda-t-il.

— Je voudrais, répondit résolûment Henriette, vous prier de donner à M. Olivier Deschamps la place d'ingénieur vacante à l'usine.

— Encore! fit-il.

— Quand je vous ai parlé en sa faveur, il y a trois semaines, vous m'avez répondu que vous n'aviez pas de place. Aujourd'hui, un poste est vacant, et je vous le demande pour mon protégé.

— Ceci est une affaire d'administration, ma chère amie... Ce n'est pas de votre domaine.

Elle s'était levée, et, s'approchant de lui :

— Non, dit-elle avec fermeté, ce n'est pas pour moi une affaire d'administration.

10.

C'est une question d'amitié, de sympathie, presque de devoir. Vous savez quel intérêt je porte à mon ami d'enfance... Vous connaissez son mérite, sa probité... je réponds de son dévouement, de son zèle, et je vous demande comme une marque de condescendance, d'affection pour moi, comme une grâce personnelle, cette place que vous n'avez promise à personne et que je sollicite pour lui.

Il parut réfléchir un instant et répondit :

— Je regrette de vous refuser... Pour la surveillance des machines, un bon contre-maître me suffira. Je n'aime pas les jeunes gens des écoles, qui arrivent bourrés de théories nouvelles et bouleversent les ateliers.

— N'en parlons plus, fit-elle en se dirigeant vers la porte.

— Je regrette, croyez-le, crut-il devoir
ajouter.

— C'est moi qui regrette de vous avoir
importuné, répliqua-t-elle sans se retourner.

Elle sortit par la porte du jardin, laissant seuls dans le salon son mari et sa
demoiselle de compagnie, qui venait d'entrer et qui avait entendu les derniers mots
de la conversation.

XII

Esther Sandraz suivit un instant des
yeux Henriette. Lorsqu'elle l'eut vue disparaître dans l'une des allées du parc,
elle dit à Vandello :

— Pourquoi refusez - vous à ce jeune
homme une place dans votre fabrique?

— Vous n'avez pas deviné?

— Non.

— Pour deux motifs.

— Lesquels?

— D'abord, fit-il en se promenant avec
agitation, parce que je trouve inutile d'introduire un espion ici.

— Pour ce qu'il aurait à espionner, dit-
elle en souriant, convenez que ce serait
une véritable sinécure.

— Soit. Mais...

— Mais quoi?

— Rien, fit-il en continuant sa promenade.

— Je devine, vous comptez sur l'avenir,
dit Esther.

— Oh! s'écria-t-il, si je n'y comptais
pas!...

— Vous avez tort; l'avenir sera exactement ce qu'est le présent.

— Oh! nous verrons!

— C'est tout vu. Passons au second motif.

— Le second motif, c'est que je ne suis pas disposé à être aimable.

— On s'en aperçoit... Vous n'avez donc pas été heureux à la chasse aujourd'hui?

— A la chasse!

— Sans doute... Ah ça! continua-t-elle, après qui en avez-vous?

— Vous me le demandez? fit-il en s'arrêtant devant elle... Après vous.

— Après moi! Qu'avez-vous à me reprocher? Est-ce que je remplis mal mes fonctions de lectrice et de dame de compagnie? Est-ce que je ne gagne pas consciencieusement mes cent cinquante francs par mois, la table et le logement?

— Assez de railleries... Si j'avais su, il y a trois semaines, que vous veniez ici pour me torturer...

— Dans quel but supposiez-vous donc que j'étais venue? Qu'espériez-vous? Que je voulais peut-être vous disputer à votre femme, partager avec elle vos bonnes grâces, jouer le rôle de servante-maîtresse à côté de l'épouse légitime?... A moi, Esther Sandraz, un pareil rôle!... Seconde sultane au sérail du pacha Vandelle, dans la Haute-Garonne... C'est tout simplement stupide, mon cher. Dieu! que vous avez baissé depuis que vous habitez la province!

— Je vous ai proposé de partir ensemble.

— Pour être abandonnée dans six mois ou dans un an, quand vous seriez las de ce voyage sentimental ou que les besoins

de l'usine vous rappelleraient. Grand merci !
Je ne suis pas d'humeur à poser pour les
Arianes abandonnées.

— Ah! fit-il en se rapprochant d'elle et
en essayant de lui prendre la main, je ne
te quitterai plus.

— C'est possible, répliqua-t-elle en se
dégageant. Ce ne sont pas ceux que l'on
quitte qui souffrent le plus, l'expérience
vous l'a appris... Vous avez senti la force
de certaines attaches, la puissance de certains souvenirs... Mais que voulez-vous?
je suis méfiante, et puis... et puis, vous
êtes marié, mon cher ; je ne chasse pas
sur les terres d'autrui.

— Mais que voulez-vous donc? s'écria-
t-il.

Elle le regarda, les yeux droit dans les
yeux, et répondit :

— Vous le savez bien, vous l'avez dit tout à l'heure : vous faire souffrir.

Il parvint à lui saisir les poignets, et les serrant nerveusement :

— Comme tu me hais ! fit-il.

— Mais oui, assez comme cela, répondit-elle, en riant, et sans fuir son regard.

— Esther ! cria-t-il furieux.

Elle rit de plus belle, nerveuse, provocante. Derrière ses lèvres rouges, épaisses, humides, étincelaient des dents admirables de forme et de pureté. Sa tête rejetée en arrière, sa bouche grande ouverte, permettaient de voir jusqu'au fond de sa gorge rose et saine. Sa poitrine était renversée, sa taille se cambrait, tout son corps se courbait. Elle n'était plus soutenue que par Vandelle qui lui serrait toujours les poignets.

Tout à coup, elle se redressa, et, se penchant vers son ancien amant :

— Comme il y a des moments, dit-elle, où vous me tueriez avec joie!

— Oh! oui! s'écria-t-il.

— Vous m'aimez, pourtant!

— Si je t'aime!

— Eh bien!... vous voyez...

— Quoi?

— Que dans la haine il y a encore...

— Achève!

— Ah! ah! ah! il s'y laisserait prendre...

— Démon! fit-il.

Découragé, brisé par cette lutte, il lâcha les poignets d'Esther et se laissa tomber sur une chaise.

XIII

Elle fit silence, elle se tint immobile, attendant qu'il fût un peu remis, qu'elle pût lui livrer un nouveau combat, lui infliger une nouvelle torture, puis elle se glissa derrière lui, et, posant sa main sur l'épaule de Vandelle, se baissant pour que son visage l'effleurât, elle lui dit lentement, d'une voix douce et chaude :

— Vous rappelez-vous, Henri, la maison de la rue de Sèze, la chambre aux rideaux fermés... la fenêtre d'où je vous regardais venir? Vous rappelez-vous ces bras qui se tendaient vers vous, ces yeux qui cherchaient les vôtres, cette voix qui vous disait : Reste encore!

Affolé de nouveau par ces souvenirs qu'elle se plaisait subitement à évoquer, par cette tendresse inattendue, comme il venait d'être enivré par ses provocations, il voulut l'attirer vers lui, il essaya de la presser dans ses bras.

— Prenez garde! fit-elle, d'un air pudique. Si votre femme entrait... Je ne veux pas qu'elle puisse supposer que je vous autorise à me faire la cour... Songez donc, elle me chasserait. Que deviendrais-je?

Elle s'arrêta et reprit :

— A propos de M⁻ Vandelle, j'oublie toujours de vous dire une chose... il est vrai que nous sommes si rarement seuls... Elle est charmante, votre femme; je la regardais hier encore, et je m'y connais. Pourquoi ne l'aimez-vous pas? Car enfin, regardez-moi! Est-ce que je suis mieux qu'elle?

En parlant ainsi, elle se dressait devant
lui, en pleine lumière, le teint animé, les
yeux éclatants, le sourire aux lèvres, sûre
d'elle-même, resplendissante de jeunesse
et de beauté.

— Oh ! fit-il en portant les mains à ses
yeux comme s'il était ébloui. Ne me regarde
pas ainsi, ne me dis plus de te regarder...
ta vue me rend fou.

— Je le sais bien, et c'est pour cela...
répliqua-t-elle, redevenue froide et rieuse.

— Encore, toujours, s'écria-t-il, cette
raillerie cruelle !

Elle prit place sur le canapé, s'y renversa,
et, devenant sentimentale, nuageuse :

— Je rêvais à vous cette nuit, fit-elle,
je vous voyais tel que vous étiez autrefois,
quand vous remplissiez mon cœur, quand
vous me donniez toutes les ivresses, quand
il me suffisait de toucher votre main pour

sentir mon être tressaillir... Oh! Henri,
Henri, pourquoi m'as-tu laissée partir,
pourquoi es-tu parti toi-même, pourquoi
as-tu mis cette femme entre nous deux?

— Oublie qu'elle existe.

— Elle n'existe pas moins. Et puis, fit-
elle en changeant de ton, qui vous dit que,
même fussiez-vous libre, je voudrais de
vous?

— Tu es la torture vivante et implacable,
s'écria-t-il. Tu joues avec moi comme le
tigre avec sa proie... D'un mot, d'un regard,
tu m'embrases... Je me reprends à espérer.
Je vois briller dans tes yeux un éclair
d'amour. Je m'élance, et une parole gla-
cée, un sourire sardonique me replongent
dans mon enfer !

— Mon Dieu, oui, fit-elle tranquillement,
c'est bien ce que j'ai voulu, ce que je
veux.

— Et ce sera toujours ainsi? demanda-t-il.

— Toujours.

— Eh bien!... non! il faut que cette exis-tence finisse... Avec moi ou sans moi, vous partirez.

— Bah!

— Oui, quand je devrais tout dire, tout avouer.

— A votre femme? C'est une idée.. je vous conseille d'y donner suite. Ce serait très-drôle... Je suis curieuse de voir cela.

On entendit des pas dans le salon voisin ; elle ouvrit la porte vitrée qui donnait sur la terrasse et elle sortit, tranquillement, avec calme, un livre à la main, après avoir jeté cependant à Vandelle un dernier re-gard pénétrant, plein de défi.

XIV

Elle savait bien qu'il ne parlerait pas. S'il avait dû parler, il l'eût fait le premier jour, lorsqu'il l'avait à peine entrevue et qu'il n'était pas encore retombé sous sa domination. Il l'eût fait, lorsqu'il pouvait encore dire à sa femme : « Oui, j'ai aimé, avant de vous connaître, celle qui a l'audace de se présenter aujourd'hui devant vous, et veut s'introduire dans votre intimité. Je l'ai même encore aimée dans les premiers mois de notre mariage, alors que je ne vous connaissais pas comme je vous connais aujourd'hui. Hélas ! peut-on empêcher le passé d'avoir été ! Dans mon égarement,

j'ai osé lui écrire des lettres dont elle se
fait aujourd'hui une arme contre moi. Mais
depuis, vos grâces, votre beauté, toutes vos
exquises délicatesses m'ont ému, et peu à
peu j'ai oublié les années écoulées pour
vivre dans le présent ; mes souvenirs se
sont éteints, je n'ai plus vu qu'une réalité
charmante. Pardonnez-moi, je vous en
conjure, et quoi qu'elle dise, quoi qu'elle
fasse, chassez cette femme de chez vous. »

Il ne pouvait plus tenir ce langage : Esther était entrée dans sa maison avec son
consentement ; il avait eu l'infamie de
donner à l'ancienne maîtresse une place
au foyer conjugal.

Et, pendant qu'il devenait ainsi son complice, il devenait en même temps son
esclave, son bien, sa chose. Il lui appartenait de toute la violence de ses souvenirs,
de ses désirs combattus, contenus, refoulés

depuis deux ans, et que la vue d'Esther avait ravivés, aiguisés ardemment. A
l'époque où son image devenait indécise,
allait s'éteignant peu à peu, comme s'étei-
gnent à l'horizon tout à l'heure embrasé,
les derniers feux du soleil, elle s'était
tout à coup montrée, dans tout l'éclat de
ses vingt-cinq ans, de sa beauté épanouie. Il ne lui suffisait pas d'apparaître
superbe, rayonnante, assez belle pour être
adorée à première vue par quelqu'un qui
ne l'aurait pas encore connue, elle apportait avec elle le passé et tous ses exci-
tants parfums. Il ne la voyait pas telle
qu'elle était maintenant, avec son air réser-
vé, son maintien modeste, sa toilette ap-
propriée à sa nouvelle situation, ses yeux
baissés, silencieuse, d'attitude en tous points
convenable ; il la voyait l'œil ardent, la
bouche humide et entr'ouverte, les narine

11.

palpitantes, les cheveux épars, la poitrine
bondissante; il l'entendait murmurer à son
oreille de chaudes paroles, il se rappelait
ses caresses affolées.

Et, pour calmer l'acuité de ses souvenirs,
pour apaiser l'ardeur de son sang, pour
attiédir le passé, elle n'offrait même pas
l'avenir; elle ne faisait pas de ces promesses
qui permettent d'oublier l'heure présente
et de se réfugier dans l'espérance. Elle
semblait lui dire, au contraire : « Regarde
ce que je suis, mais souviens-toi de ce que
j'ai été ; figure-toi ce que je pourrais être,
si je mêlais le présent au passé, si je voulais... Mais je ne veux pas... je ne vou-
drai jamais. »

Ce dernier mot, il se refusait à l'entendre. Son amour-propre, son orgueil le
repoussaient ! Jamais ! Comment, jamais ?
Pouvait-il admettre qu'après l'avoir tant

aimée, elle ne l'aimât plus, qu'elle ne fût
pas torturée par les mêmes souvenirs que
lui ? Si. En le punissant de sa trahison,
elle souffrait comme lui. Mais le châtiment
n'aurait qu'un temps ; la peine expirerait
bientôt. Elle tentait aussi une épreuve :
elle voulait cette fois l'asservir entièrement,
rendre dans l'avenir toute révolte impossible. Elle l'aimait toujours. Il voulait le
croire ; il le croyait !

So trompait-il ? L'aimait-elle vraiment ?
Après deux ans de lutte, deux ans d'efforts
pour l'oublier, avait-elle été emportée
vers lui par un effréné désir de le revoir ;
le passé se dressait-il toujours devant la
maîtresse, comme il se dressait devant
l'amant ? Ou bien, ainsi qu'elle l'affirmait,
victorieuse de ses souvenirs, sûre d'elle-
même, préservée d'une nouvelle chute, ne
songeait-elle qu'à se venger ?

S'il ne s'agissait que d'expiation, elle pouvait se vanter d'avoir imaginé une bien terrible torture pour cet homme, dont le corps était l'âme, et qu'elle frappait cruellement dans sa chair.

Cependant, elle se montrait moins dure envers son ancien amant, qu'il ne l'était pour lui-même : elle se contentait de demeurer sous son toit, de se dresser devant lui comme un vivant reproche du passé. Mais, s'il n'avait pas connu, autrefois, Esther Sandraz, il n'aurait pu adresser aucun reproche à Claire Meunier. Celle-ci subissait, plutôt qu'elle ne provoquait, tout entretien avec lui. C'était Vandelle qui la cherchait sans cesse, qui s'ingéniait à la joindre, à la surprendre, toujours à l'affût, toujours guettant l'heure où les plus longues résistances se fondent dans une étreinte.

XV

Une après-midi, comme Vandelle traversait le parc pour se rendre au pays, il aperçut Esther qui sortait du château, et se dirigeait vers une charmille très-touffue, où Henriette et elle aimaient à se retirer pendant les heures les plus chaudes de la journée. Cette fois, Esther était seule, Mme Vandelle ayant déclaré, au déjeuner, qu'elle avait la migraine et qu'elle montait dans sa chambre.

Aussitôt il se dit que l'occasion était excellente pour avoir un long tête-à-tête avec celle qui le fuyait toujours. Cependant il ne la rejoignit pas aussitôt ; en homme prudent, il voulut lui laisser le temps de s'installer et de prendre ses aises, pour qu'elle fût moins tentée de fuir à son approche. Il laissa s'écouler un quart d'heure, puis rejoignit l'allée qu'elle avait prise, se jeta dans un massif qui lui permettait de s'approcher sans être vu du nid ombragé, l'atteignit, et, caché derrière une touffe de troène, regarda.

Il avait eu une heureuse idée de n* pas se presser. Profitant de la liberté qu'Henriette lui laissait, persuadée qu'on ne troublerait pas sa solitude, et n'ayant aucune raison pour se gêner, au lieu de s'asseoir comme d'habitude, sur le banc rustique, elle s'était installée dans un hamac de toile blanche suspendu entre deux arbres. Puis, fatiguée par la chaleur, elle s'était assoupie.

Vandelle, silencieux, retenant son souffle,

l'œil ardent, la regarda longtemps. De la place où il se trouvait, il la voyait tout entière, et l'embrassait dans son ensemble. La toile du hamac ne se joignant pas par le haut, Esther apparaissait d'abord de face, et de la tête aux pieds. Elle était splendide ainsi : une ondée de soleil, après avoir fait dans le feuillage une longue trouée blanche, venait se jouer sur son visage, dans ses cheveux et sur ses bras à moitié nus, rejetés derrière sa tête et lui servant d'oreiller. Les longs cils de ses yeux à moitié fermés, répandaient une ombre légère sur ses joues. Sa bouche entr'ouverte souriait voluptueusement ; on aurait dit qu'elle rêvait à de lointaines amours. Posée horizontalement, sa poitrine abondante paraissait avoir la fermeté du marbre, et le bas de sa robe, un peu relevé, laissait voir une jambe fine aux extrémités, dans le milieu replète et charnue.

Après l'avoir admirée de face, Vandello pouvait, grâce au hamac, suspendu entre ciel et terre, suivre tous les contours de son corps, en saisir toutes les lignes, nettement dessinées par la toile tendue, qui semblait la mouler, comme la terre-glaise moule quelque merveille dont le sculpteur veut conserver l'empreinte. Ses épaules larges, son dos arrondi, ses reins puissants, auxquels la robe, refoulée sous elle et invisible, donnait plus d'ampleur, se développaient magnifiquement, et la toile blanche du hamac, en recouvrant ce beau corps, en dissimulant les vêtements, lui prêtait la blancheur du marbre, la nudité de la statue.

Il ne pouvait se lasser de la contempler et sa tête se troublait. Tout dans la nature semblait, en cet instant, s'être associé pour l'enivrer : des flots de lumière chaude, les exhalaisons de la terre baignée de soleil, la charmille toute sonore de bourdonnements d'insectes.

Il attendit pourtant que les yeux d'Esther se fussent entièrement fermés, que sa poitrine, tout à l'heure nerveusement frémissante, se soulevât et s'abaissât régulièrement, et alors, il quitta sa place et se glissa doucement vers le hamac.

XVI

Il la rejoignit, sans qu'elle eût ouvert les yeux et put la contempler de plus près, en respirant ses parfums préférés et toutes les effluves troublantes qui se dégagent de la femme aimée.

Puis, saisi de délire, il s'élança vers elle avec un indicible emportement et colla ses lèvres sur les siennes.

Elle se réveilla en sursaut. Son regard exprima la frayeur, mais, comme elle ne pouvait pousser un cri, qu'elle était en quelque sorte bâillonnée, elle posa ses mains sur les épaules de Vandelle, et essaya de le repousser.

Elle parvint à l'éloigner un peu, et de ses lèvres devenues libres, sortaient ces mots : « Laissez-moi, laissez-moi, ou j'appelle, lâche, lâche ! »

Elle ne put continuer : il lui avait saisi les mains, et de nouveau emprisonnait sa bouche.

Elle fit alors d'énergiques efforts pour glisser sa tête de côté, pour lui échapper.

Mais quiconque s'est reposé dans un hamac un peu élevé, n'ignore pas qu'il est difficile d'en sortir et de poser les pieds à terre, même lorsque personne ne vous y retient, ne vous y cloue en quelque sorte. Esther se trouvait captive dans ce fourreau de toile qui l'enserrait de toutes parts, et où elle était maintenue par un homme robuste, nerveux et violent.

La lutte était impossible, elle y renonça. Il fallait subir les baisers de Vandello ; elle s'y résigna. Mais, alors, eut lieu un phénomène bizarre, souvent constaté même chez les femmes les plus expansives : soit que la surprise, la colère, l'indignation les paralysent tout à coup, soit qu'elles aient en elles une force de volonté capable de dominer la violence de leur tempérament, elles deviennent, parfois, à leur insu ou de leur plein gré, aussi froides, aussi glaciales que dans un autre moment elles auraient été passionnées. La femme, parce qu'elle est faible sans doute, ressent une instinctive horreur de la violence; elle veut bien donner et ne veut pas qu'on la vole. Plus d'un homme a vu une victoire assurée lui échapper parce qu'il en avait trop hâté le dénoûment.

Aux répugnances d'Esther, à la colère de se voir ainsi brusquement attaquée, au mépris, peut-être, que lui inspirait aujourd'hui Vandelle, se joignait un autre motif de résistance passive ou de froide résignation : si elle cédait aux transports de son ancien amant, si elle répondait à son étreinte, elle succombait bientôt entièrement ; sa vengeance lui échappait. Des journées et des nuits de lutte, d'immolation, deux années passées à étouffer ses souvenirs, à essayer d'en attiédir l'ardeur,

mille efforts, mille souffrances devenaient
inutiles, s'effaçaient en un instant. Une
seconde d'oubli suffisait à renouer le
présent au passé. Elle récompensait Vandelle qu'elle était venue châtier ; il
triomphait au lieu de souffrir.

Donc, renonçant à une lutte dangereuse,
elle subit le baiser qu'on lui infligeait,
mais elle ne le rendit pas. Ses dents se
serrèrent, ses lèvres restèrent obstinément
fermées, froides, sèches, inertes. Vandelle
avait collé sa bouche sur la bouche d'une
morte.

Etonné, effrayé, il releva brusquement
la tête et la regarda : aucune couleur
n'animait le visage d'Esther ; ses yeux
étaient éteints, ternes, sans expression.
Elle les fixait sur lui sans qu'il pût y lire
un reproche, un défi, un désir, ou la joie
du triomphe.

Comme cette froideur l'avait glacé lui-
même et qu'il n'osait plus se pencher sur
elle, Esther profita de la liberté qui lui
était rendue pour se soulever dans le
hamac, jeter ses jambes de côté et prendre
un point d'appui sur le sol.

Puis, libre maintenant, debout, droite,
impassible, elle s'éloigna sans daigner
retourner la tête.

XVII

La vengeance d'Esther avait pris une
nouvelle forme, des plus inattendues. En
effet, il n'était jamais venu à l'esprit de
Mme Sandraz qu'elle pût être appelée à
jouer les rôles de statue : elle se serait cru

absolument inhabile à tenir cet emploi. Et, lorsqu'elle se demandait avec une certaine inquiétude ce qu'elle deviendrait si Vandelle, puisant sa force dans ses succès passés, se montrait trop audacieux, voilà que tout à coup elle se trouvait en état de résister à toutes les attaques, pourvue d'armes défensives qui la rendaient toute-puissante.

Ses forces se doublaient de sa victoire : si elle avait su résister à ce premier assaut, elle espérait soutenir tous les autres. Elle n'était plus, dès lors, contrainte à se tenir sur une prudente réserve, exempte de coquetterie. Elle pouvait se laisser admirer sans danger, puisqu'elle restait insensible à cette admiration et l'empêchait de dépasser les limites qu'elle lui avait assignées.

Elle apporterait ainsi un raffinement à

sa vengeance : d'inactive, elle la ferait
militante. Elle engagerait son adversaire
à se mesurer avec elle, le laisserait
commencer les hostilités, s'exalter dans
le combat, et elle lutterait ensuite d'impassibilité et de sang - froid contre ses
audaces et ses ardeurs. La lutte avait
toujours séduit cette fille étrange, qui, à
vingt ans, on nous l'a dit, domptait les
chevaux rebelles, escaladait les montagnes
et bravait la mer. D'une imagination
toujours éveillée et dont l'activité était
augmentée des abstinences présentes, elle
trouvait aussi peut-être une certaine jouissance à se couvrir d'un cilice, à macérer
sa chair, à vaincre ses sens. Parfois sous
l'ascétisme se cache une volupté.

Vandelle devait lui donner bientôt l'occasion de triompher encore d'elle-même.
Sa première défaite ne l'avait pas décou-

ragé; il la considérait comme une simple
escarmouche où il avait été battu par surprise. Il se proposait de livrer une grande
bataille et ne doutait pas de la victoire.

XVIII

Un grand général n'aurait pas, du reste,
mieux dressé son plan. Il choisit avec soin
le terrain, le jour et l'heure. Il poussa
même le scrupule jusqu'à consulter le
baromètre; il voulait être, pour combattre
avec avantage, dans de bonnes conditions
atmosphériques. Son existence passée, ses
nombreuses intimités féminines lui avaient
appris que l'état du ciel, la rose des vents,
jouent un grand rôle dans l'histoire des

12

femmes. Un temps mou et pluvieux, dispose à la paresse, à l'indolence, à l'apathie ; on se sent fatigué sans avoir pris de l'exercice, spleené sans motif, mélancolique, lorsque rien ne vous attriste ; on cherche la solitude et le sommeil. Un temps sec, au contraire, un bon vent de nord-est, fouette le sang, active la circulation, irrite le système nerveux et vous pousse à rechercher votre semblable pour le contre-carrer, l'égratigner ou l'aimer si vous êtes de complexion amoureuse. Lorsqu'il y a de l'électricité dans l'air, c'est bien autre chose : on ne se contente plus d'égratigner, on voudrait mordre, battre son entourage ou être battu, chercher querelle aux gens les plus inoffensifs, se presser contre un cœur ami, crier, rire et pleurer. Les femmes font d'ordinaire leur première chute par des temps orageux.

Qu'elles se souviennent, et elles reconnaîtront que le ciel était leur complice ; c'est une consolation pour elles, mais le ciel doit avoir la conscience bien chargée.

Donc, Vandelle, en homme qui a tout expérimenté, et en joueur qui veut avoir des atouts dans son jeu, choisit un jour d'orage pour livrer bataille.

Il crut aussi devoir profiter d'un voyage qu'Henriette fit à Luchon, où se trouvait alors une de ses parentes. Pendant les deux premiers jours de cette absence, Vandelle avait déploré la sérénité du ciel, la placidité de l'atmosphère qui ne lui venait pas en aide et allait peut-être l'empêcher de profiter d'un moment si propice. Mais, dans l'après-midi du troisième jour, d'épais nuages accourus de l'Espagne, voilèrent brusquement les montagnes ; l'air devint lourd, étouffant.

Tout annonçait une de ces tempêtes fréquentes dans les Pyrénées.

Bientôt le tonnerre se fit entendre dans le lointain, les échos de la montagne en prolongèrent à l'infini les sourds grondements, et des éclairs rapides, fréquents, sillonnèrent les nues.

Vers le soir, l'orage fut dans toute sa force. Esther Sandraz n'était pas descendue de sa chambre à l'heure du dîner; elle s'était fait excuser, sous le prétexte que le temps lui donnait la migraine. Mais Vandelle savait qu'elle veillait; du parc il avait vu ses croisées éclairées.

Il attendit que les domestiques se fussent retirés dans les communs, et, sans bruit, marchant sur la pointe des pieds, il se mit à gravir l'escalier du château.

Arrivé au second étage, il s'engagea sur un balcon qui régnait tout le long de ce corps de logis, et put ainsi se glisser jusqu'aux fenêtres d'Esther. Il les trouva fermées; mais la croisée qui venait ensuite et donnait accès dans un cabinet de toilette contigu à la chambre, était entr'ouverte. Suffoquée par la chaleur de cette nuit orageuse, et n'osant pas ouvrir la croisée du balcon, Mlle Sandraz avait mis sa chambre à coucher en communication avec la pièce voisine et recevait indirectement de l'air par la croisée du cabinet de toilette.

Vandelle, sans hésiter (il était résolu à tout, peut-être même au scandale), pénétra dans le boudoir, et, retenant son souffle, marchant pas à pas, sans bruit, se dirigea vers la porte, l'atteignit, et avançant la tête, regarda.

Esther lui tournait le dos; mais il l'apercevait dans la glace placée sur la cheminée.

12.

Debout, enveloppée dans un peignoir de mousseline, elle apprêtait ses cheveux pour la nuit. Ses bras, nus jusqu'à l'aisselle, s'arrondissaient derrière sa tête, pendant que ses doigts agiles se jouaient dans le chignon. Son buste, rejeté en arrière, exhaussait les seins et les faisait jaillir du peignoir. Son regard avait quelque chose de vague, de mourant, et ses lèvres, ouvertes à demi, semblaient agitées d'un frisson voluptueux.

Pour mieux combattre la chaleur, elle s'était affranchie de la tyrannie du corset et des jupons empesés; mais l'étoffe flottante qui l'enveloppait ne pouvait dessiner ses formes, et Vandelle n'aurait pu les soupçonner si le passé, se dressant tout à coup devant lui, ne lui eût fait entrevoir toutes les splendeurs autrefois contemplées.

Tout à coup, cependant, l'orage ayant

quitté la montagne pour descendre dans la plaine, les éclairs devinrent plus fréquents, la chambre fut par moments illuminée et la mousseline du peignoir devint plus transparente. Alors, à de courts intervalles, comme une brusque vision, Esther apparut tout entière dans sa nudité.

Les lignes souples et puissantes de son corps se dessinaient nettement, creusées à la taille, avec des renflements et des saillies vers le buste et les hanches. Sa peau se dorait à la lueur des éclairs et, sous l'influence des courants électriques, semblait traversée par des frissons rapides. Elle était à la fois déesse et femme : déesse par la mise en scène grandiose qui l'entourait, sa beauté sculpturale, l'harmonie de ses formes, sa grâce souveraine ; femme, lorsque son corps tremblait, palpitait, se déroulait dans sa volupté molle.

Tout à coup, la foudre vint à tomber près du château, et Esther, enfin effrayée, se retourna vers la porte pour la fermer. Se voyant découvert, Vandelle s'élança et l'entoura de ses bras.

XIX

Elle ne parut ni épouvantée, ni même surprise. Peut-être s'attendait-elle à cette brusque irruption, à cette nouvelle attaque. Peut-être, depuis quelques jours, avait-elle deviné les projets de Vandelle, et, sûre d'elle-même, certaine de ne pas succomber dans la lutte, l'acceptait-elle bravement.

Elle ne poussa pas un cri, ne fit aucun

effort pour échapper à la brutale étreinte
de son ancien amant. Elle resta droite,
impassible dans ses bras, se contentant de
le braver du regard et de sourire ironiquement. Elle avait l'air de lui dire :
« Eh bien, vous l'avez voulu, je suis en
votre puissance, désarmée, sans force pour
vous résister, je suis votre chose, faites
de moi ce que vous voudrez. Ne l'oubliez
pas cependant, je suis une chose inerte,
un corps sans âme. Je suis la matière ;
pour qu'elle s'anime, il faut la force des
matérialistes ou le rayon divin des spiri-
tualistes. Animez-moi, je vous en défie. »

Lui, il ne comprenait pas encore, il ne
devinait pas ce qui se passait en elle ; il
n'avait jamais mesuré la force de résistance
d'une femme ancrée dans son obstination,
sûre d'elle-même parce qu'elle a déjà
triomphé, avide de vengeance. Se rappe-

lant, le passé, il croyait toujours qu'elle allait redevenir ce qu'elle avait été. Il la jugeait d'après lui : il l'avait aimée seulement avec ses sens, et ses sens subsistaient. Il oubliait qu'Esther l'avait aimé, d'abord avec le cœur, et que le cœur étant ulcéré, les sens sommeillaient.

Cependant il la tenait toujours dans ses bras et il essayait de la faire revivre ; il n'y parvenait pas. Le jour où, l'ayant surprise dans son hamac et se penchant vers elle, il avait tenté de rendre ses yeux ardents et ses lèvres amoureuses, il s'était consumé en efforts impuissants. Maintenant ce n'était plus le visage, le regard et la bouche qui restaient impassibles ; c'était le corps, le corps tout entier : la poitrine conservait son impassibilité marmoréenne, la taille et les hanches leur rectitude de lignes, les bras restaient pendants collés

au corps ; aucune rougeur, aucun frisson
de désir ne courait sur la peau.

Et, lorsqu'il levait les yeux sur elle, il
rencontrait toujours son éternel sourire,
son regard éteint.

Il voulut l'émouvoir au moins par ses
paroles : il lui peignit ses souffrances,
ses tortures ; il lui dit qu'il mourrait,
qu'il se tuerait, s'il n'était plus aimé
d'elle ; il fut vraiment éloquent, passionné,
brûlant. Elle l'écouta sans l'interrompre,
toujours silencieuse, toujours impassible,
toujours souriante. Il pleura comme un
enfant ; elle le regarda pleurer. Furieux,
hors de lui, il la souleva de terre et la jeta
sur un canapé ; elle tomba tout d'une
pièce, ou plutôt elle s'écroula, comme
s'écroulerait une Vénus en marbre renversée de son piédestal.

Alors il eut peur de cette inertie, de ce

regard éteint, de cette bouche entr'ouverte
dont aucun souffle ne semblait sortir, de
ce silence qui l'enveloppait, de cette rigidité cadavérique. Il se sentit une seconde
fois vaincu, incapable de lutter plus
longtemps, de triompher des résistances
calculées ou instinctives de cette femme
de feu métamorphosée en femme de glace.

XX

L'orage avait cessé : dans la montagne
on n'entendait plus que de sourds grondements, comme un écho lointain et
affaibli qui parle encore, lorsque depuis
longtemps le silence s'est fait. Tous les
nuages s'étaient enfuis, laissant à découvert un ciel d'un bleu foncé, constellé

d'étoiles, aux clartés vives, semblant agrandies. La lune dans son plein, entourée d'un large cercle lumineux, dorait quelques vapeurs légères que la tourmente avait oublié d'entraîner dans sa fuite. Les montagnes apparaissaient, aussi nettement qu'en plein jour, avec leurs arêtes saillantes, leurs sommets neigeux, argentés par tous les feux qui descendaient du ciel. De la terre mouillée, des herbes de la prairie, des massifs feuillus, montaient mille senteurs. Dans les grands arbres du parc, les oiseaux, que l'orage avait tenu éveillés, et que la clarté de la nuit empêchait maintenant de dormir, se parlaient, se contaient leurs craintes pendant la tempête et donnaient un concert nocturne. La nature s'était apaisée : au bruit, au désordre, à l'horreur, avaient succédé le repos, l'harmonie, la beauté sereine.

13

Esther, seule maintenant, ouvrit sa fenêtre, et, penchée sur le balcon, put jouir des splendeurs de cette belle nuit, tout en savourant son nouveau triomphe. Il était absolument complet : elle avait vaincu ses souvenirs, son passé, ses sens tentés peut-être de se révolter contre la contrainte qu'on leur avait imposée. Ah! elle était bien vengée, si bien vengée qu'elle ne songeait même plus maintenant à tirer vengeance, comme elle l'avait voulu d'abord, de cette Henriette de Loustal qui lui avait enlevé son amant, son futur mari.

Et pourtant, Henriette n'avait rien fait pour l'attendrir, pour lui inspirer quelque pitié ou quelque sympathie. Par instinct, par intuition, elle l'avait traitée, sinon durement, du moins sans affabilité. Elle n'avait pas essayé d'en faire une amie, une confidente ; elle s'était attachée à ne

voir en elle que la demoiselle de compagnie, la mercenaire, presque la servante.
Esther avait été subie, et non pas acceptée.

Cependant, Henriette pouvait avoir
besoin d'une alliée : délaissée par son
mari, froissée, dédaignée, presque méprisée, ses regards avaient dû se tourner vers
Olivier, le compagnon de son enfance,
l'ami de sa jeunesse. Pour Esther, qui
avait succombé, sans longue résistance, le
jour où elle s'était senti éprise de Vandelle;
pour Esther, élevée par une mère trop
faible, livrée de bonne heure à elle-même,
audacieuse de naissance et, par suite de
son éducation, n'ayant qu'une notion
imparfaite de ce qu'on appelle le devoir,
rebelle à comprendre certains sacrifices et
certaines abnégations, Henriette devait
avoir failli, ou être sur le point de faillir.

Mais que lui importait maintenant cette

chute ? Irait-elle donc ouvrir les yeux de
Vandelle ? Dans quel but séparerait-elle à
tout jamais les deux époux ? Vandelle ne
lui appartenait-il pas pour la vie, et
n'avait-elle pas, en ravivant le passé, en
lui faisant un corps, mis entre sa femme
et lui une barrière infranchissable ?

Et cette jeune femme, de quel crime
était-elle coupable envers elle ? En épousant
Vandelle, avait-elle conscience du tort
qu'elle faisait à Esther, du désespoir où
elle la plongeait ? Elle s'était, il est vrai,
depuis, mal conduite envers sa demoiselle
de compagnie. Mais Claire Meunier, seule,
pouvait s'en trouver blessée ; Esther
Sandraz n'était pas atteinte. Est-ce que,
rentrée dans la vie privée, une comédienne
garde rancune à l'acteur qui, la veille, en
scène, lorsqu'il jouait son rôle, lui a fait
quelque mortelle injure ? Esther avait un

masque; ce masque, on pouvait le souffleter impunément, sans effleurer sa joue.

Malheureusement pour Henriette, elle allait blesser cruellement Esther Sandraz.

XXI

Un soir du mois de septembre, monsieur, madame et mademoiselle Fourcanade firent une visite au château.

Les soirées commençaient à devenir fraîches dans ce pays de montagnes; aussi voyait-on flamber de longs fagots dans la cheminée du grand salon où les maîtres de la maison recevaient leurs hôtes.

La mairesse et sa fille Angélique, Henriette et Claire Meunier, assises auprès

d'une grande table, causaient et travail-
laient. Quant à Vandelle, plongé dans un
fauteuil à l'autre extrémité de la salle, tout
en paraissant écouter M. Fourcanade, qui
lui faisait des confidences, il avait les yeux
fixés sur Esther, dont le visage, éclairé par
les flammes du foyer, se détachait vigou-
reusement au milieu d'une demi-obscu-
rité.

— Angélique, mon enfant, dit la mairesse
à sa fille, si tu t'amusais à regarder des
images?... Il est bon qu'une jeune fille soit
occupée.

— Avec plaisir, maman, fit Angélique
d'une petite voix aigre, mais je n'ai pas
d'images.

Mᵐᵉ Fourcanade, se tournant vers
Mᵐᵉ Meunier, la pria de vouloir bien prêter
un album à sa fille.

Esther alla chercher un gros livre placé

sur un guéridon voisin et le remit à Angélique en lui disant :

—Voici le *Tour du Monde*, mademoiselle,
vous y trouverez des gravures instructives.

— Pas de sauvages, n'est-ce pas? s'écria
la mairesse avec effroi.

— Non, madame, pas de sauvages, fit
Esther en souriant.

— Bien. Les sauvages ne sont pas toujours convenables pour les demoiselles.

Tandis qu'Angélique s'éloignait avec son
livre et allait le feuilleter près de la croisée
pour profiter des derniers rayons du jour,
la mairesse, qui croyait ne pas devoir
laisser tomber la conversation, et qui avait
le talent des transitions, dit à Henriette :

— M. Vandelle ne voyage jamais?

— Très-rarement, répondit Henriette.

— C'est une belle conversion que vous
avez faite là. Vous devez en être fière.

Puis, après s'être assurée que ni sa fille, ni le maître de la maison ne pouvaient l'entendre, elle se pencha vers la jeune femme, et, baissant la voix :

— Si je parle de conversion, fit-elle, c'est que M. Vandelle, avant son mariage, passait pour être encore plus mauvais sujet que mon mari. On dit qu'il menait à Paris une existence... Je sais que votre tuteur vous a prévenue, chère madame; sans cela, croyez-le bien, je ne parlerais pas de ces petites choses-là.

Elle se pencha encore davantage, de façon à ne pouvoir être entendue que d'Henriette et d'Esther, et ajouta confidentiellement :

— Il paraît même qu'il avait une passion presque sérieuse... une liaison très-intime avec une étrangère, une Portugaise, je crois... Elle était venue chercher fortune en France avec sa mère, et avait, assure-t-on, la prétention de se faire épouser par lui.

— Je le savais, répondit Henriette en continuant son travail, tandis qu'Esther Sandraz avait quitté le sien, et, pâle, émue, suivait avidement la conversation. Mon tuteur parla de cette personne à M. Vandelle, qui avoua franchement sa folie passée. Mais je ne crois pas qu'il ait eu jamais l'idée de l'épouser. Est-ce qu'on peut épouser ces femmes-là?

Esther parvint à réprimer un mouvement de colère.

— Et vous n'êtes pas jalouse de ce souvenir? demanda Mme Fourcanade.

— Jalouse!... Qu'y a-t-il de commun entre elle et moi?... Je plains de toute mon âme les malheureuses dont nous parlons, et je ressens pour elles encore

13.

plus de pitié que de dégoût... Mais si celui
à qui j'ai donné ma main et ma foi oubliait
à ce point sa dignité et son honneur, s'il
tombait si bas que de me donner pour rivale,
à moi sa femme, une créature de cette espèce, mon mépris serait encore plus grand
pour lui que pour elle, et je ne lui ferais pas
même l'honneur d'en souffrir.

— Vraiment! murmura Esther, debout
et frémissante.

— Vous dites, mademoiselle? fit Mᵐᵉ Vandelle en relevant la tête.

— Rien, madame, répondit Claire Meunier, en se rassoyant. Je n'ai point parlé.

— Je ne suis pas comme vous, reprit
la mairesse; à vrai dire, j'ai été jalouse de
toutes les femmes, même de mes servantes,
et, si M. Fourcanade avait eu pour maîtresse
la dernière des créatures, fût-elle Portugaise, aucune considération de dignité

n'aurait pu m'empêcher d'arracher les yeux aux coupables.

— On peut être jalouse d'une servante, fit observer Henriette, si cette servante est honorable. La femme de chambre que la pauvreté force à nous servir est au-dessus de certaines intrigantes qui n'ont qu'un but : se faire épouser et occuper la place des honnêtes femmes.

Mme Fourcanade éleva la voix :

— Angélique, dit-elle à sa fille, regardez les gravures.

— Oui, maman, fit la douce Angélique, qui prêtait une oreille attentive à la conversation.

La mairesse s'adressa de nouveau à Mme Vandelle :

— Peut-être êtes-vous un peu sévère pour cette... demoiselle... comme on les appelle dans la capitale, ajouta-t-elle, en essayant

de sourire spirituellement. J'ai entendu
affirmer qu'on la recevait autrefois dans le
monde parisien, qu'elle avait de bonnes
manières et de l'instruction...

Henriette l'arrêta et répondit, avec toute
la sévérité de la jeune fille, élevée en province, et la brutalité de la femme chaste :

— Elle n'est que plus coupable! Son
passé, son éducation auraient dû la préserver d'une chute honteuse. Mais je connais
mieux que vous celle dont nous parlons;
vous n'êtes pas la première personne qui
m'entreteniez d'elle. Dernièrement à Luchon, une de mes amies me la nommait...
Elle s'appelait Esther Sandraz, je crois, et
avait fait scandale à Paris par ses excentricités, ses dépenses exagérées, ses toilettes tapageuses... On ne l'avait pas en
grande estime, même avant sa chute...
Quant à cette chute, elle doit avoir été pré-

méditée... M. Vandelle était riche alors...
il y a là quelque vilain calcul, un odieux
trafic.

Esther se leva, menaçante, terrible.

Mais l'obscurité s'était faite progressi-
vement autour d'elle, les flammes du
foyer ne l'éclairaient plus ; on ne put
remarquer l'altération de ses traits,
l'étrangeté de son maintien, et lorsqu'un
instant après, un domestique apporta de la
lumière, elle avait eu le temps de se
remettre.

Bientôt M. Fourcanade, qui venait
d'entendre le sifflet du chemin de fer et
avait en même temps consulté sa montre
pour constater que le train passait à l'heure
réglementaire, rejoignit sa femme et lui
fit respectueusement observer qu'il était
temps de partir.

Angélique prenait goût, depuis quelques

temps, aux gravures ; elle avait sous les
yeux une peuplade africaine court vêtue;
aussi crût-elle pouvoir hasarder ces
mots :

— Mais il n'est que neuf heures, papa.

— Ma fille, répliqua M. Fourcanade
d'un ton convaincu, il est neuf heures
quatorze, puisque le train se remet en
route.

— Imitons le train, ajouta la mairesse,
qui crut avoir fait un mot.

Elle prit congé d'Henriette et marcha
majestueusement vers la porte, suivie de
sa fille et de son mari, qui portait une
canne, un parapluie, une lanterne, la tapisserie de ces dames, et des châles de
supplément.

Vandelle, sous le prétexte d'accompa-
gner la tribu Fourcanade, sortit avec elle,

tandis qu'Henriette montait dans sa chambre.

XXII

Un quart d'heure après, Henri Vandelle rentrait au salon et y trouvait Esther, nerveuse, agitée.

Elle sembla prendre un parti dès qu'elle le vit, et allant droit à lui :

— N'avez-vous pas, lui dit-elle, une place d'ingénieur toujours vacante à la fabrique ?

— Oui, répondit-il étonné.

— Madame Vandelle continue à vous la demander pour M. Olivier Deschamps?

— Oui, elle a encore insisté aujourd'hui pour l'obtenir.

— Vous la lui avez refusée .

— Toujours.

— Il faut, au contraire, lui accorder ce qu'elle désire, dit-elle d'une voix brève, rapide, toute frémissante.

— Pourquoi ? je ne comprends pas, fit-il de plus en plus surpris.

— Vous n'avez pas besoin de comprendre ; donnez cette place à ce jeune homme, je le veux !

— Cependant... balbutia-t-il.

— Ah ! il vous faut des explications, s'écria-t-elle tout à coup. Il faut absolument que vous compreniez ? Eh bien, soit ! L'hiver approche, on s'ennuie dans vos montagnes, dans votre château ; ce jeune homme est charmant, il pourra nous aider à passer le temps.

Il était devenu aussi pâle qu'elle.

— Ah ! c'est pour cela, reprit-il, que

vous demandez cette place. Vous ne me
faites pas assez souffrir, n'est-ce pas ?
Vous voulez encore m'infliger les tortures
de la jalousie !

Elle se mit à rire nerveusement, fiévreusement.

— Ah ! ah ! disait-elle, il me croit amoureuse de ce monsieur !... Comme si je
pouvais aimer maintenant !... Est-ce que
j'ai jamais aimé, du reste?... J'ai fait un
calcul le jour où je me suis donnée à vous...
J'ai conclu un marché. Je me suis vendue.

— Qui a dit cela ?

— Votre femme ! Elle vient de le dire,
ici, dans ce salon, devant moi. Et j'ai
écouté, en silence, je n'ai rien répondu...
Que pouvais-je répondre ? Elle avait
peut-être raison... Et je ne lui en veux
pas, puisque je plaide sa cause auprès de
vous... puisque je veux faire son bonheur.

— Son bonheur !

— Sans doute... Ah ! il n'a rien vu... ils sont tous les mêmes.

— Enfin, que voulez-vous dire ?

— Je veux dire, fit-elle, éclatant, impuissante à se contraindre plus longtemps, que votre Henriette, si sévère pour moi, si dure, si cruelle, aime M. Olivier Deschamps.

— Elle !

— Oui, elle. Allez-vous me faire l'injure de vous récrier, de soutenir qu'elle est trop honnête pour cela, trop vertueuse, qu'elle ne peut pas commettre une faute, que moi seule j'en commets... Nous verrons bien si elle a le monopole de la vertu !... Ah ! elle m'insulte, elle parle d'Esther Sandraz comme d'une fille perdue, comme d'une courtisane, comme d'une fille des rues... Je veux qu'elle aime à son tour, je veux qu'elle succombe, je veux qu'elle ait moins de mépris pour moi. Je veux enfin qu'Olivier Deschamps vienne ici, demeure ici, respire le même air qu'elle, et la séduise comme j'ai été séduite.

— Et moi ? fit Vandelle.

— Ah ! oui, c'est vrai, vous... je ne pensais pas à vous... Eh bien, mon cher, c'est une nouvelle vengeance que je tirerai de vous, je n'avais pas pensé à celle-là... Je dédaignais votre femme... mais elle m'attaque, elle m'outrage et en me vengeant d'elle, je vais me venger encore de son mari... Vous m'avez délaissée, trahie, perdue, foulée aux pieds, broyée pour faire un beau mariage, pour épouser une fortune et une vertu... La fortune, gardez-la, vous me l'avez offerte, je n'en veux pas... Quant à la vertu de la mariée, ne

complez pas trop sur elle... elle vous
échappera ; je veux qu'elle vous échappe...
Ainsi c'est arrêté... demain, l'ami d'enfance de M⁽ᵐᵉ⁾ Vandelle sera votre hôte,
ou bien je pars, vous ne me revoyez plus.
Vous n'aurez même plus la consolation de
vous dire qu'un jour peut-être le passé
renaîtra de ses cendres.

Elle accompagna ces derniers mots d'un
long regard et sortit, le laissant à ses
réflexions, sans vouloir l'entendre.

XXIII

Il restait assourdi par ce flux de paroles,
atterré par cette scène inattendue, épou-
vanté des nouvelles prétentions d'Esther.

C'était de la folie, de la pure folie !
L'isolement relatif auquel s'était condam-
née Mme Sandraz, sa brusque transplan-
tation en pays semi-sauvage, la contrainte
qu'elle s'imposait, l'abstinence à laquelle,
par esprit de vengeance, elle se condamnait, toutes ses aspirations refoulées, ses
désirs inassouvis, avaient enfin produit en
elle une profonde perturbation. Le cerveau
était atteint et il serait dangereux pour
Vandelle d'obéir à ses élucubrations, de
la suivre sur la pente où elle voulait l'entraîner.

Il se promenait dans le grand salon en
se disant ces choses, en parlant tout haut,
avec force gestes, comme s'il devenait fou
lui-même.

Tout à coup il s'arrêta au milieu de sa
course impétueuse, resta une seconde à la
même place, puis se dirigea lentement vers

un fauteuil placé près de la cheminée,
s'assit et aborda d'autres idées, sinon plus
sages, du moins plus calmes.

Au bout du compte, qu'exigeait Mlle Sandraz? Elle voulait qu'Olivier Deschamps
entrât dans la fabrique en qualité d'ingénieur. Mais, c'était précisément ce que
demandait depuis longtemps Mme Vandelle.
Il avait refusé d'accéder à ce désir par
pur caprice, par esprit de contrariété,
car il avait besoin d'un ingénieur, et celui
qu'on lui désignait offrait les meilleures
garanties. Il eût donc volontiers accordé à
son ancienne maîtresse la place sollicitée
par Mme Vandelle, si Esther s'était intéressée
à Olivier Deschamps, seulement comme
élève de l'École centrale. Mais elle lui
donnait un rôle à jouer, non plus dans la
fabrique, mais au château, non plus auprès
des ouvriers, mais auprès de Mme Vandelle.

Henriette ne protégeait pas un employé
sans place, elle s'intéressait à un homme
aimable, qui lui plaisait, et Esther prétendait favoriser leurs amours. Ne devait-il
donc pas repousser avec indignation les
demandes qu'on lui adressait et fermer sa
porte à cet ingénieur déguisé?

En y réfléchissant davantage, en creusant
mieux la question, il en arriva cependant
bientôt à se dire qu'il apportait de l'exagération dans l'affaire, qu'il ne la raisonnait
pas avec assez de sang-froid : Mlle Sandraz
n'avait pas les qualités voulues pour bien
connaitre Mme Vandelle. Elle lui prêtait
évidemment des intentions, des aspirations
absolument indignes d'elle. Henriette, toute
délaissée qu'elle était, toute désabusée
qu'elle se sentait, n'était pas femme à
manquer à ses devoirs. Il ne l'aimait plus,
il ne l'avait peut-être jamais aimée, mais

il lui rendait justice. Il pouvait sans danger
introduire Olivier Deschamps dans sa maison : Henriette ne faillirait pas, il répondait
d'elle.

Si cependant il se trompait ? si Henriette
était entraînée vers son compagnon d'enfance plus vivement qu'il ne le supposait,
qu'elle ne le pensait elle-même ; si elle
songeait à chercher un refuge en lui, à se
consoler auprès de lui de son amour trompé,
de ses rêves déçus, de son abandon ! Ne
devait-il pas alors la protéger contre elle-
même, éloigner d'elle toute tentation de
mal faire, la mettre à l'abri du danger ?
Certes, c'était son devoir ! Il fallait qu'Esther eût perdu la raison et le crût bien
affolé lui-même pour parler comme elle
l'avait fait, pour lui ordonner de commettre
une action déshonorante.

Il avait quitté sa place près de la cheminée

et repris sa promenade, plus agité, plus
fiévreux que jamais. C'est qu'il était forcé
de reconnaître qu'Esther ne se trompait
pas; elle l'avait bien jugé. Oui, il était fou,
surtout depuis sa dernière défaite; sa va-
nité, son orgueil froissés, ses sens mortifiés
l'irritaient, l'agitaient outre mesure, le
mettaient hors de lui. Il avait une idée
fixe comme dans la folie : triompher des
résistances d'Esther, vaincre sa froideur,
animer ce marbre, rendre la vie à cette
statue!

Et il ne savait comment y parvenir :
maintenant il doutait de lui, il avait peur
d'être de nouveau vaincu. Sans cesse il
pensait à elle, il la voyait dans sa chambre
telle qu'il l'avait contemplée, telle qu'il
l'avait pressée dans ses bras, et loin de se
sentir calmé par son indifférence, refroidi
par sa froideur, il se sentait plus surexcité

14

qu'avant, plus obsédé par des convoitises
ardentes.

Et elle venait de lui laisser entrevoir la
fin de ce long martyre, la victoire après
de nombreuses défaites, une récompense
ardemment désirée, l'apaisement succédant
à un énervement mortel. Oui, s'il lui donnait l'occasion de se venger de celle qui
l'avait outragée, elle consentirait à s'humaniser, à faire revivre le passé, à ressusciter
les voluptés mortes.

Mais c'était justement cette espérance,
cette promesse qui l'effrayaient et révol-
taient ce qui restait en lui de conscience.
Henriette ne courait aucun risque, sa vertu
était à l'abri de tout danger. Il pouvait
impunément donner à Olivier Deschamps
la place qu'on demandait pour lui; mais
il ne devait pas se rendre aux sollicitations

d'Esther, accepter le marché qu'elle lui proposait.

Résolu, cette fois, bien décidé à ne pas succomber à une tentation malsaine et criminelle, il quitta le salon et monta dans son appartement.

Une lettre avait été déposée dans la soirée sur la cheminée de sa chambre à coucher.

Il la décacheta et lut :

« Monsieur,

« Dans la conversation que nous avons
« eue dans la journée, je n'ai pas osé vous
« dire certaines choses qu'après réflexion
« je crois devoir vous écrire : d'après mon
« contrat de mariage, l'usine que vous
« dirigez m'appartient par moitié. Étant
« donnée cette situation, ne trouvez-vous
« pas vraiment trop dur de persister à me

« refuser la grâce que j'ai sollicitée de vous :
« celle de donner une place dans la fabri-
« que à un homme qui peut nous rendre de
« grands services, à mon ami d'enfance, à
« Olivier Deschamps... »

— Ah ! s'écria-t-il en interrompant sa
lecture... Elle le veut, c'est elle qui le
veut !... C'est elle qui me déclare la guerre.

FIN DE LA SECONDE PARTIE.

TROISIÈME PARTIE

I

L'hiver est venu. La plaine qui entoure Montréjeau et les collines voisines est couverte d'une neige épaisse, aussitôt durcie sous le souffle opiniâtre du vent de nord-ouest. Les montagnes de l'horizon, autrefois verdoyantes et dont les sommets seulement, avec leurs glaces éternelles, rappelaient l'hiver, ont blanchi en une nuit; les troncs de quelques pins gigantesques,

14.

ou des rochers trop perpendiculaires pour
que la neige ait pu s'y fixer, répandent
seuls des ombres sur ce fond uniforme.
Les glaciers, reconnaissables l'été à leurs
reflets, à leur couleur un peu grisâtre, se
confondent maintenant avec les prairies,
les buissons, les blocs neigeux, et prennent
la teinte blanche de la montagne.

Tout est silence autour du château. On
n'entend plus que le bruit monotone de la
Neste, roulant impétueusement à travers
les rochers avant de se jeter dans la Garonne, qui, gonflée par ses affluents, perd
sa tranquillité, renonce à être une rivière
et devient un vaste torrent.

Quelquefois aussi, à certaines heures,
la fabrique fait entendre de sourds mugis-
sements; elle affirme sa vitalité, elle jette
tout à coup une note bruyante dans le grand
silence de la nature, et ce bruit porté par

la neige, transmis par elle, se prolonge à
l'infini.

Le chemin de fer, privé d'une partie de
ses trains, semble endormi; il se repose
du mouvement de l'été, de l'agitation fébrile qui, durant la saison des eaux, a régné
sur ses rails. Par moments, à de longs
intervalles, la vapeur siffle, un sourd rou-
lement se fait entendre, un train s'arrête à
Montréjeau. Mais c'est à peine si quelques
voyageurs grelottants entrent au buffet
pour se réchauffer; on ne voit aucun Parisien, surtout aucune Parisienne, et
M. Fourcanade, privé de ses plaisirs habi-
tuels, ne court plus affairé dans la gare.
Réfugié au fond du café de Montréjeau et
fidèle à ses habitudes de grand politique,
il joue au billard et conquiert des voix au
gouvernement pour les élections prochai-
nes.

Le château a le plus sombre aspect ; les
allées du parc disparaissent sous la neige,
et le grand salon du rez-de-chaussée est
froid et silencieux.

Henri Vandelle, triste, taciturne comme
le temps, se retire dans sa chambre aux
heures où il ne chasse pas. Esther Sandraz
s'enferme aussi chez elle et ne se rend auprès d'Henriette que lorsque celle-ci la fait
demander.

Ces appels sont, du reste, de plus en plus
rares : des journées entières se passent
sans que Mme Vandelle recherche la société
de sa demoiselle de compagnie, ou la prie
de lui faire la lecture. Elle ne monte pas
dans sa chambre cependant, après le dé-
jeûner, comme Mlle Meunier ; elle se tient
dans le petit salon et passe de longues
heures étendue dans un fauteuil, songeuse,
affaissée.

Sa santé paraît se ressentir de cette pros-
tration du corps et de cette activité de l'esprit : le teint a perdu de son éclat, le sang
court moins rapide, moins abondant sous
la peau du visage; un cercle bleuâtre entoure les yeux, la lèvre est décolorée, un
peu sèche et se plisse au lieu de sourire.

Le corps lui-même s'amaigrit, les rondeurs exquises du buste s'amoindrissent,
tendent à s'effacer. Elle est toujours adorable, plus adorable peut-être dans sa
demi-langueur, qu'elle ne l'était dans son
épanouissement de jeunesse et de santé;
mais il est facile de prévoir que si cet état
devait se prolonger, sa beauté pourrait en
souffrir.

II

Vers quatre heures de l'après-midi, à la fin de novembre, elle fut, un jour, troublée dans sa solitude et sa rêverie. Sans qu'elle eût entendu un bruit de pas dans les corridors du château, la porte du petit salon s'ouvrit et Olivier Deschamps parut.

— Pardon, fit-il en l'apercevant, je ne vous savais pas ici.

— Que voulez-vous? demanda-t-elle vivement.

— Parler à M. Vandelle, fit Olivier.

— Il n'est pas ici.

— Rentrera-t-il bientôt?

— Je l'ignore. Il n'a pas pour habitude

de me rendre compte de ses actions. Vous
le savez bien.

Étonné de son ton, de la sécheresse de
ses réponses, il s'approcha d'elle timide-
ment et lui dit d'une voix douce, triste :

— Qu'avez-vous? Vous souffrez?

— Non, fit-elle avec impatience.

— Alors vous êtes irritée contre moi?

— Contre vous? non !

— Il y a quelque chose pourtant...
Vous ne me parlez pas comme d'habitude...
Il me semble parfois que ma présence
vous pèse... Depuis le jour où M. Vandelle, enfin vaincu par vos instances, m'a
retenu au moment où j'allais partir, ai-je
donc démérité de lui ou de vous? N'est-
il pas content de mon travail, de mes services?

— M. Vandelle, répondit Henriette avec
plus de douceur, ne me parle jamais de

vous; je n'ai rien à vous reprocher...
Je suis un peu souffrante... Ce temps
sombre et froid sans doute... Ne vous
occupez pas de moi, ne songez qu'à votre
travail, à votre avenir... Êtes-vous
content de votre position à l'usine? Y êtes-
vous obéi, considéré, aimé? Travaille-t-on
beaucoup en ce moment?

— Oui, mais il manque une chose.

— Quoi donc?

— L'œil du maître : M. Vandelle n'est
pas assez souvent parmi nous.

— Eh bien, remplacez-le.

— Je n'ai pas l'autorité nécessaire; je
suis trop nouveau à la fabrique.

— Je ne puis rien à cela.

— C'est vrai, aussi ne vous aurais-je
rien dit si vous ne m'aviez pas interrogé.

Ils gardèrent longtemps le silence. Lui,
les yeux fixés sur elle, recueilli, heureux

de la contempler, mais triste de la voir ainsi. Elle, songeuse, le regard perdu dans le vide.

Tout à coup, cependant, comme au sortir d'un songe, elle releva brusquement la tête, et Olivier l'entendit murmurer ces mots :

— Quelle solitude ! Quel hiver sinistre ! Est-ce cette tristesse qui m'environne ? Est-ce celle qui est en moi ?... Il y a des moments où je voudrais mourir !

Il fit un mouvement pour se rapprocher d'elle, pour lui prendre la main, elle se recula et dit d'une voix ferme :

— Quittez-moi ; votre place n'est pas ici. Allez, mon ami, allez à votre travail.

— Pourquoi m'obliger, en ce moment, à m'éloigner de vous ? demanda-t-il. Vous venez de vous trahir, vous voyez bien que vous souffrez.

15

— Oh ! oui ! s'écria-t-elle.

Elle n'avait plus le courage de taire sa douleur ; elle était à bout de forces et de résignation.

— C'est lui, n'est-ce pas, qui vous fait souffrir ? dit Olivier avec colère. Je le savais bien... J'avais bien vu... J'ai tout deviné dès le premier jour.

Elle ne répondit pas, elle cacha sa tête dans ses mains ; déjà elle avait honte d'avoir laissé échapper son secret.

Il reprit pour la décider à parler :

— Il vous a encore dit quelque dure parole, fait quelque scène.

— Lui ! s'écria-t-elle, il ne me parle même pas... Il ne daigne pas s'apercevoir que j'existe.

Et, quelques secondes après, elle ajouta :

— Quels motifs à cette indifférence ?... N'ai-je pas été, ne suis-je pas pour lui

la plus soumise, la plus résignée des
femmes ?·Et cependant, jamais, jamais une
parole de tendresse, jamais un regard
d'affection... Et voilà deux ans... deux ans
que cela dure... Ah! c'est trop, c'est trop.

— Pauvre chère âme! fit Olivier en
parvenant cette fois à lui prendre la main.

— Tout se brise, tout s'efface, tout s'use
à souffrir ainsi, continua-t-elle avec des
pleurs dans la voix. S'il avait voulu pourtant... Ah! Dieu m'est témoin que je
ne demandais qu'à l'aimer! J'avais com-
mandé à mon cœur, et mon cœur avait
obéi. J'avais fait un bonheur de mon
devoir... Et voilà l'amour qu'il me rend,
la récompense qu'il me donne !

Elle s'était exaltée en parlant. Le calme
qu'elle s'était imposé l'abandonna, et ses
nerfs, trop vivement comprimés. se déten-
dirent.

— Que lui ai-je fait?... Que lui ai-je fait? s'écria-t-elle en sanglotant.

— Henriette, ne pleurez pas ainsi, vous me déchirez le cœur, s'écria Olivier en tombant à ses genoux.

Alors, emportée par un mouvement instinctif, par un de ces besoins irrésistibles d'affection et d'épanchement qu'ont ressenti toutes les femmes, elle étendit les mains, les mit sur le front d'Olivier, et, se baissant tout à coup, elle l'embrassa sur le front vivement, fièvreusement.

— Henriette! Henriette! s'écria-t-il éperdu, fou de bonheur et essayant de l'entourer de ses bras.

Elle s'était déjà relevée, et, le repoussant :

— Qu'ai-je fait? Qu'ai-je dit? criait-elle, oubliez! oubliez!

Mais lui, sans l'entendre, ne se souvenant que de ce qu'elle venait de faire, le front encore brûlant de son baiser, répétait :

— Tu m'aimes donc ? Tu m'aimes donc ?

— Non, non... laissez-moi, laissez-moi; par pitié, laissez-moi. Partez, je vous ordonne de partir. Si vous ne partez pas, je ne vous reverrai de ma vie... Mais partez donc !

Il fut touché de ses supplications ; il eut pitié de son désespoir, et il obéit sans la perdre des yeux jusqu'à ce que la porte fût refermée.

III

En sortant du château, il se dirigea vers l'usine et aperçut à moitié route le maire de G... et le substitut de Saint-

Gaudens qui revenaient au contraire de l'usine et se rendaient au château.

Tout entretien, en ce moment, lui eût été pénible; il fit donc un détour pour n'être pas obligé de causer avec MM. Raynal et Fourcanade. Mais ceux-ci l'avaient aperçu.

Le substitut disait au maire :

—. Tiens, tiens! Vandelle s'est donc décidé à prendre ce jeune ingénieur?

— Il n'a pu refuser, m'a-t-il dit. Il paraît que M⁻ Vandelle l'a supplié en faveur de son camarade d'enfance.

— Ah! vraiment... elle l'a supplié, et ce jeune homme de bonne mine, distingué, vit chez eux?

— Sans doute, on ne pouvait faire manger un ingénieur à l'office, ni le reléguer dans une auberge de village.

— Ah ! ils l'ont logé chez eux, au château ?

— Pas précisément, il habite le petit
pavillon au bout du parc, près de la grille
d'entrée.

— C'est la même chose, fit le substitut.
Tout en continuant à marcher, il ajouta :

— Avez-vous remarqué l'air sombre et
la singulière attitude de ce monsieur Deschamps? En m'apercevant, il a fait un
brusque mouvement, comme s'il redoutait
de se trouver en présence de la justice...
On aurait dit que ma présence l'avait ter-
rifié... Si je ne le connaissais pas, j'aurais
été tenté de le prendre pour un malfaiteur
méditant un crime.

— Permettez-moi de vous faire observer,
monsieur le substitut, hasarda Fourcanade, que vous voyez des crimes partout.

— C'est qu'en effet, monsieur le maire,

il y en a presque partout. Les crimes que l'on découvre, que l'on poursuit ne sont pas la centième partie de ceux qui se commettent. Que dis-je, la centième partie...

— A ce compte, il y aurait bien peu d'innocents sur cette terre.

— Il n'y en a pas.

— Vous êtes effrayant.

— Je suis vrai.

Arrivés au château, ils chargèrent un domestique venu à leur rencontre d'annoncer à M. Vandelle qu'ils avaient à lui parler et ils entrèrent dans le grand salon du rez-de-chaussée.

Raynal jetait autour de lui des regards inquisiteurs, il étudiait tous les coins et les recoins de la pièce où ils se trouvaient. Cet examen terminé, il dit à son compagnon :

— Est-ce que vous vous sentez tranquille ici, monsieur le maire ?

— Mais oui, monsieur le substitut. Que ressentez-vous donc ?

— Je ne sais... cette grande pièce sombre...

— Tout est sombre en novembre, quand le temps est couvert.

— Ce froid humide qui vous enveloppe, reprit Raynal.

— Il y a eu du brouillard toute la journée, répliqua l'impassible dictateur de la commune.

— L'hiver est favorable au crime, monsieur le maire, ne l'oubliez pas. Ne vous sentez-vous pas plus féroce que d'habitude par les temps brumeux et glacés ?

— Non. Je me sens l'envie de me réchauffer auprès d'un bon feu ou dans le tête-à-tête de...

15.

Au moment où il allait peut-être se lancer sur une pente glissante, M. Fourcanade fut heureusement interrompu par le maître de la maison, qui venait d'entrer.

— Comment! monsieur le substitut, vous voyagez par cette température ? dit Vandelle en serrant la main de Raynal.

— La justice, répliqua le jeune magistrat, voyage en tout temps, cher monsieur Vandelle. Elle ne choisit ni ses heures, ni ses jours ; elle est aux ordres des malfaiteurs.

— Quoi ! vous êtes appelé dans ce pays pour l'exercice de vos fonctions ? Qu'y a-t-il donc ?

— Oh ! un assassinat de peu d'importance, par malheur.

— Un assassinat ! fit Vandelle. Que me dites-vous là ?

— Rassurez-vous, s'empressa d'ajouter

M. Fourcanade, il s'agit simplement de ce pauvre diable qui s'est pendu.

— Ah ! j'y suis...

Mais Raynal venait d'élever la voix :

— Nous verrons, monsieur le maire, si c'est bien lui qui s'est pendu.

— Ah ! je comprends, ajouta Vandelle, vous doutez et vous faites une enquête?

— Précisément, cher monsieur, je fais toujours une enquête ; on ne sait pas ce qui peut en résulter... et, comme cet homme a travaillé chez vous, je venais vous demander si vous aviez quelques renseignements à nous donner ; heureux de cette occasion qui me procure le plaisir de vous voir.

— J'ai, en effet, employé ce pauvre diable comme manœuvre, répondit Vandelle, mais il a quitté l'usine depuis longtemps et j'ignore ce qu'il est devenu. Les

gens du village vous renseigneront probablement mieux que moi.

— Je vais les faire comparaître. Mon
greffier est déjà installé à la mairie ; nous
allons commencer ce soir l'instruction. La
nuit est excellente pour les interrogatoires ;
l'heure du crime est aussi celle du
remords... Vous ne voulez pas assister à
mon enquête, cher monsieur Vandelle?

— Non, mais bonne chance !

— Je ne vous dis pas adieu. J'aurai le
plaisir de vous serrer la main avant de
retourner à Saint Gaudens.

— Quand vous aurez débrouillé les
ficelles de votre pendu, fit en souriant
Vandelle.

Il marcha vers la cheminée, prit dans un
coin son fusil de chasse, et, rejoignant le
substitut et le maire :

— Je vous accompagne un instant sur la route, leur dit-il.

— Quoi! vous allez chasser! fit Raynal, mais la nuit vient, on y voit à peine.

— C'est bien pour cela; j'ai remarqué ce matin dans la neige les traces d'un renard qui visite tous les matins ma basse-cour et je vais me mettre à l'affût. Par ce temps affreux, je ne puis m'aventurer au loin et, pour ne pas périr d'ennui, j'essaie de m'occuper chez moi.

IV

Pendant que Vandelle s'éloignait avec Raynal et le maire, Henriette, restée seule dans le petit salon, souffrait cruellement.

Si quelque personne indulgente à elle-même s'étonnait qu'un timide aveu, suivi d'un baiser plus timide encore, pût causer des remords, elle courrait grand risque de se tromper. Une toute jeune femme, d'un esprit délicat et fier, chastement élevée, d'une scrupuleuse honnêteté, attache une importance plus grande qu'on ne croit aux moindres erreurs, aux fautes les plus légères. Tandis que certaines grandes pécheresses mondaines ne croient avoir succombé qu'après avoir mangé tous les quartiers de la pomme, d'autres femmes, plus timides et plus timorées, se regardent comme perdues le jour où elles en ont effleuré la peau de leurs lèvres discrètes; le plus petit coup de dent est pour elles un crime qui leur fait verser d'abondantes larmes.

Henriette Vandelle était dans ce dernier

cas : elle se reprochait amèrement de s'être départie de son calme, d'être sortie pendant une seconde de la réserve qu'elle s'était imposée. Depuis longtemps elle ne pouvait se faire d'illusions : hélas ! elle n'aimait plus son mari ; elle aimait Olivier. Mais elle s'était juré de ne jamais se trahir, ni par un mot, ni par une action irréfléchie. Comme toutes les honnêtes femmes, elle se croyait entièrement sûre d'elle-même, sans vouloir s'avouer que les plus fortes, dans certaines dispositions, sont susceptibles d'avoir parfois un moment de défaillance.

Une femme experte en pareille matière, par ses lectures, ses réflexions, les conseils intelligents qu'elle a reçus, l'exemple de ses amies, prend bravement la fuite lorsqu'elle se sent menacée. Sa vertu consiste, non pas à braver le danger, à l'introduire

dans sa maison, à y rester sans cesse exposée, mais à l'éloigner d'elle, à se mettre
en garde contre les surprises des sens et
du cœur, à n'avoir jamais le péché sous la
main. Celle, au contraire, qui ne sait pas,
qui n'a été instruite ni par son expérience
ni par celle des autres, se fie à ses propres
forces, à son grand courage et succombe
souvent par excès d'innocence et de vertu.

Henriette était loin d'avoir succombé;
peut-être même devait-elle être rangée
parmi celles qui ne succombent jamais, et
le nombre en est grand, quoi qu'on en dise.
Mais, depuis une heure, elle n'avait plus
en elle cette confiance superbe qui, jusqu'alors, l'avait soutenue: son premier pas
dans une voie dangereuse l'effrayait outre
mesure et lui faisait craindre d'en faire un
second; elle venait d'acquérir tout d'un
coup, à ses dépens, l'expérience qui lui

manquait. Souriante, sans crainte, seulement un peu oppressée, elle avait gravi
une haute montagne sans se retourner,
sans regarder derrière elle. Puis, elle avait
fait un faux pas, un bien léger faux pas,
l'abîme lui était apparu et elle craignait
maintenant le vertige.

Mais comment fuir le danger? Que faire?
Partir, le pouvait-elle? Les femmes, qui
auraient tant besoin souvent, pour échapper à certaines influences, de mouvement,
d'activité, de distractions, de voyages, sont
condamnées, la plupart du temps, à
l'inaction, à la réclusion. Il faut qu'elles
combattent le danger sur place, sans changer d'atmosphère; elles ne peuvent faire
aucune diversion à leurs pensées. Si le
danger vient — et c'est souvent le mari
qui l'apporte involontairement au logis
sous la forme d'un ami séduisant — il faut

qu'elles le subissent; elles ne peuvent pas
le mettre à la porte. Nous autres hommes, au contraire, nous prenons notre chapeau et nous disons : « Décidément j'ai
peur, je ne reviens plus. » Si, par impossible, on nous relance à domicile, nous
nous précipitons sur notre sac de voyage,
nous fuyons à toute vapeur..; et nous
sommes en sûreté. Une femme mariée ne
peut user de ce moyen ; cette fuite préser-
vatrice lui serait comptée comme une faute
et personne ne croirait qu'arrivée au chemin de fer, elle ait pris le compartiment
des dames seules.

Mais, si Mme Vandelle ne pouvait pas
fuir Olivier Deschamps, elle avait assez
d'empire sur lui pour exiger qu'il s'éloi-
gnât du château, qu'il ne la revît plus.
C'était affreux, et rien qu'à cette pensée
elle fondait en larmes. Elle pleurait sur

elle, dont l'isolement allait être complet ;
elle pleurait sur lui, qu'elle allait désoler,
désespérer.

Et, pourtant, elle n'hésitait pas ; elle
était résolue à ne faire aucune transaction
avec sa conscience. Car elle voyait maintenant le péril, l'abîme lui apparaissait
profond, terrible ; elle se sentait atteinte
de vertige, elle n'osait ni monter plus
haut, ni rester à la même place ; elle voulait redescendre au plus vite dans la plaine.

L'horizon y serait borné : les nuages
qu'elle dominait tout-à-l'heure l'envelop-
peraient de toutes parts ; le beau ciel bleu
un instant entrevu sur les hauts sommets
disparaîtrait ; elle vivrait dans les brouil-
lards, triste, morne, désespérée. Mais qu'importait ? Elle aurait fait son devoir, elle
aurait expié sa faute, elle ne serait plus
exposée à en commettre de nouvelles.

V

Cependant, comment apprendre à Olivier qu'elle avait disposé de son sort, de sa vie? Comment le voir librement pour lui parler, pour le convaincre? Et si, au lieu de partager ses craintes, de lui obéir, de quitter le pays, il essayait de la persuader qu'il pouvait rester; si elle se laissait toucher par ses raisonnements, son éloquence; si, vaincue par son désespoir et désespérée elle-même, affaiblie par la lutte, énervée, elle commettait encore quelque imprudence?... Ah ! elle pouvait tout craindre maintenant ; lorsqu'elle ne doutait ni d'elle ni de lui, ne s'étaient-ils pas laissés entraîner tous les deux à un mouvement irréfléchi?

Lui écrire ? Il répondrait, discuterait ses raisonnements et en ferait à son tour, qu'elle serait obligée de combattre. Et, du reste, écrire, n'était-ce pas une nouvelle faute ?

Il lui aurait fallu une confidente, une personne sûre, une amie qui se chargerait de parler en son nom à Olivier, de le convaincre, de le décider à partir... Alors, elle ne le reverrait pas, elle ne se laisserait pas toucher par ses prières, elle ne serait tentée ni de lui dire : « Restez », ni de s'oublier en lui disant adieu.

Mais elle n'avait ni confidente, ni amie; elle était seule, bien seule dans ce pays presque désert, au milieu de cette nature désolée, dans cette nuit sombre.

Pendant qu'elle songeait ainsi, sa demoiselle de compagnie entra dans la pièce où elle se trouvait.

Elle la regarda. La jeune femme paraissait aussi triste qu'elle, affaissée, abattue.
Elle n'était plus, comme le jour de son
arrivée au château, souriante, tout épanouie de santé; elle avait beaucoup pâli,
et les ardeurs de son regard semblaient
s'être éteintes.

Henriette se reprocha de ne s'être pas
encore aperçue de toutes ces transformations, de vivre isolée dans sa tristesse sans
prendre garde à celle des autres, de n'avoir
vu que ses peines, sans songer que cette
jeune femme pouvait avoir les siennes.
Sans famille, sans fortune, Claire Meunier
avait accepté de venir s'enterrer au fin
fond de la France, loin de te .es distractions, dans un pays presque sauvage l'été,
désolé l'hiver. N'aurait-elle pas dû trouver
au moins auprès de celle qui l'appelait,
dont elle partageait l'exil, un peu de bien-

veillance, d'amabilité, sinon d'affection ?...
Mais non, Henriette s'était peu à peu déta-
chée d'elle, n'avait plus recours à ses bons
offices, et, pour être tout entière à ses rêve-
ries, lui infligeait une sorte de quarantaine.

Et la malheureuse ne disait rien, souffrait en silence : elle avait besoin, sans
doute, de sa place pour vivre et n'osait pas
se plaindre.

Vraiment, Henriette avait été trop
égoïste, trop cruelle! Elle se le reprocha,
elle eut honte de sa conduite.

Puis, pendant que Claire Meunier prenait un livre et s'asseyait à l'écart pour ne
pas la troubler, pour respecter ses méditations, elle en arriva peu à peu à se dire
que cette jeune femme méritait peut-être
son affection, sa confiance. N'était-elle pas
apparue, du reste, au moment où Henriette
cherchait une confidente, une amie?

N'était-on pas tenté de croire que le ciel, à qui M⁰ᵉ Vandelle se plaignait de son isolement, venait de s'ouvrir pour donner passage à celle qui devait la consoler et peut-être la sauver ?

Cependant, elle ne songeait pas, en ce moment, à lui dire son secret, à la charger d'une mission auprès d'Olivier. Si, plus tard, elle s'y décida, c'est qu'un besoin irrésistible d'épanchement l'entraina plus loin qu'elle ne voulait. Elle ne songea d'abord qu'à se montrer affectueuse et bonne pour celle qu'elle avait tenue jusqu'alors éloignée. Elle voulait se l'attacher, en faire pour l'avenir une compagne assidue et lui témoigner quelque confiance, pour qu'à son tour Claire Meunier, qui souffrait près d'elle, pût, dans un moment d'expansion, lui ouvrir son cœur, pleurer à ses côtés et moins souffrir peut-être.

VI

Mais, lorsqu'on a vécu longtemps replié
sur soi-même, tout entier à ses pensées,
sans les confier à qui que ce soit, lorsqu'on
est fatigué de silence et d'isolement, énervé
outre mesure, si par hasard on entre dans
la voie des confidences, on ne s'arrête
plus, on se grise de ses propres paroles,
on s'énerve davantage, on s'attendrit et on
parle plus qu'on ne voudrait. C'est ce qui
devait arriver à Henriette. Après le dîner,
qui fut des plus courts et où le maître de
la maison ne parut pas, Mᵐᵉ Vandelle, se
trouvant seule avec Esther, vint s'asseoir
auprès d'elle et lui dit affectueusement :

— Depuis quelque temps, ma chère mademoiselle Meunier, sans reproche, vous me laissez bien seule. Vous venez près de moi seulement lorsque je vous appelle. J'ai pourtant besoin de quelqu'un qui me parle, qui m'aime... Vous ai-je offensée, avez-vous quelque grief, quelque rancune contre moi ?

— Des griefs ? une rancune ?... Quelle pensée, madame ! dit Esther d'une voix un peu dure.

— Ah ! vous m'en voulez, je le vois, reprit la jeune femme. J'ai été froide avec vous peut-être. Ce n'est pas de la fierté. Je ne me lie pas facilement. Mais je ne suis ni impérieuse, ni orgueilleuse. Si j'ai parfois l'humeur inégale, un peu d'impatience, de brusquerie, c'est que je souffre ; le chagrin rend irritable, injuste.

— Mais, madame, fit observer Esther,

pourquoi me dites-vous cela? Je ne me plains pas.

— Vous ne vous plaignez pas, non... Mais vous êtes triste, vous êtes sombre, vous vous éloignez de moi... et jamais, jamais, je vous le répète, je n'ai eu besoin comme en ce moment d'une affection, d'un conseil, d'un appui. Je n'ai pas de mère, pas de sœur, pas d'amie. Je suis seule, seule pour lutter contre la douleur, contre mes pensées, contre les entraînements de la colère, contre les égarements du désespoir.

Peu à peu, comme nous le faisions pressentir, elle sortait des limites qu'elle avait tracées à ses confidences; elle s'exaltait en parlant, elle laissait lire plus avant qu'elle n'aurait voulu dans son âme, si longtemps fermée et qui, maintenant entr'ouverte, s'épanchait librement.

— Je ne comprends pas, madame, avait répondu Esther.

— Si ; vous comprenez, reprit-elle fiévreusement. Vous avez bien deviné, vous avez bien vu que celui qui devrait me protéger me délaisse, que celui qui devrait m'aimer n'a que dé l'indifférence et du dédain pour moi... Mais vous pouvez me soutenir, me réconforter... me conseiller... Vous êtes forte, et je suis faible... J'ai bien compris votre caractère, votre fierté... Voulez-vous être mon amie ?... Oui, rien ne nous empêche de nous lier étroitement. N'êtes-vous pas mon égale par l'éducation, par l'intelligence ? Vous êtes femme, vous devez me soutenir. Si ce n'est par affection, par sympathie... que ce soit par pitié.

— Moi, de la pitié pour vous !

— Pourquoi pas ? Parce que le sort vous a privée de cette fortune qui m'a

rendue si misérable... Ah ! c'est moi qui
vous envie. Vous êtes libre, vous ne
relevez que de vous-même. Vous pouvez
suivre les penchants de votre cœur... Moi,
j'ai fait taire le mien pour sauver ces biens
méprisables... Ah ! je ne savais pas.
Faible, comme toujours, je me laissais
conduire... Et maintenant que, dans ce
cœur froissé, meurtri, le passé se réveille,
il faut que je le comprime, que je l'étouffe...
il faut que je désespère un autre cœur,
qui n'a jamais battu que pour moi.

— Un autre cœur ! fit Esther.

— Oui, oui, continua-t-elle plus exaltée
que jamais, comprenant, du reste, qu'elle
en avait trop dit pour s'arrêter maintenant,
oui... vous savez bien... N'avez-vous pas
deviné depuis longtemps ?... Ai-je besoin
de vous dire son secret pour que vous
sachiez ?... Ce jeune homme, mon cama-

rade d'enfance... celui qui vit avec nous...
il faut qu'il parte... demain, ce soir, si
c'est possible; je ne veux plus le voir...
Dites-le lui de ma part, suppliez-le, ordon-
nez-lui...

— Moi !

— Oui, je n'aurais pas le courage...
remplacez-moi, je vous en conjure... ma
compagne... mon amie...

Elle parla quelque temps encore, pres-
sante, presque suppliante, s'exaltant de
ses paroles, s'enfiévrant de ses pensées.
Puis, sans laisser à Esther le temps de
lui répondre, dans la crainte d'essuyer un
refus, et peut-être aussi parce qu'elle avait
peur de revenir sur sa décision, elle sortit
précipitamment.

Lorsqu'elle fut partie, Esther Sandraz
laissa lentement tomber ces paroles :

— Comme ces gens-là comprennent l'amour ! C'est étrange !

Puis, sombre, affaissée, le regard vague, elle resta plongée dans ses réflexions.

VII.

Bientôt, Olivier Deschamps, qu'on était allé chercher à la fabrique, où il travaillait tous les soirs avant de se retirer chez lui, rejoignit Esther.

Elle releva brusquement la tête lorsqu'elle l'entendit entrer, et, au lieu de lui parler, elle le regarda longtemps.

Ses traits énergiques, avons-nous dit, son œil profond, certains plis de son front, quelque chose de triste dans le sourire révélaient l'homme que de fortes études, la réflexion et peut-être les accidents de la vie ont mûri de bonne heure et fait expérimenté. Mais ce qui surtout plaisait en lui, c'était le charme de sa physionomie et son regard net, clair, limpide, pour ainsi dire ensoleillé de franchise.

Étonné que Mlle Claire Meunier l'eût fait demander, il attendit d'abord qu'elle prît la parole. Lorsqu'il vit qu'elle continuait à garder le silence, il dut se décider à lui dire :

— Je me suis rendu, mademoiselle, à votre appel; que désirez-vous de moi et, sans indiscrétion, pourquoi me regardez-vous ainsi?

— Parce que, fit-elle, se décidant à parler, je ne sais, monsieur, comment m'acquitter d'une mission dont on m'a chargée pour vous.

— Une mission ?

— Bien singulière et bien pénible.

— Qui donc ?

— Mᵐᵉ Vandelle.

— Ah ! fit-il en pâlissant, et il ajouta au bout d'un instant, d'une voix qu'il essayait de rendre calme :

— Quelle est cette mission ?

— Mᵐᵉ Vandelle, dit lentement Esther, vous prie, vous ordonne, au besoin, de partir.

Il jeta sur elle un regard soupçonneux. Il était étonné, non pas de l'ordre que lui donnait Henriette, il la connaissait et craignait de le recevoir ; mais, n'ayant pas assisté à la scène qui venait d'avoir lieu entre les deux femmes, ne se rendant pas compte de toutes les impressions subies par Mᵐᵉ Vandelle, il ne s'expliquait pas qu'elle eût choisi Claire Meunier pour confidente.

Son étonnement se traduisit par ces mots :

— Et c'est vous qu'elle a chargée?...

— C'est moi, fit Esther, et ma surprise a égalé la vôtre, croyez-le bien. Cependant, veuillez réfléchir que j'étais la seule personne qui pût vous parler en son nom.

Comme il ne répondait pas elle ajouta, au bout d'un instant :

— Quelle décision prenez-vous? Que dirai-je de votre part à Mme Vandelle?

— Vous lui direz, je vous prie, fit-il résolûment, que j'obéirai... sans discuter ses ordres.

Elle se leva, et s'avançant vers lui :

— Votre réponse n'est pas sérieuse, n'est-ce pas? fit-elle. Vous doutez encore de moi. Vous ne me croyez pas chargée d'une mission pour vous,

— J'ai douté, en effet, mademoiselle,

je le confesse; mais j'ai réfléchi et je ne
doute plus.

— Alors, reprit Esther, vous partirez
vraiment, dès demain?

— Dès demain.

— Sans lui dire adieu?

— Sans lui dire adieu, si elle l'exige.

— Vous ne l'aimez donc pas ! s'écria-
t-elle tout à coup.

Son accent, son geste confirmèrent Olivier dans la pensée qu'elle était sincère, et
affirmèrent en même temps certaines idées
qu'il devait émettre bientôt. Aussi n'hé-
sita-t-il pas à répondre :

— Vous voyez bien à quel point je l'aime,
puisque je pars.

— Je ne comprends pas.

Il fit un pas vers elle, la regarda et lui
dit :

— Vous n'avez donc jamais aimé, vous?

— Je n'en sais rien, répliqua-t-elle vivement, mais il me semble qu'aucun obstacle
ne pourrait me séparer de celui que j'aime-
rais... et que, si, par hasard, il s'en élevait, plutôt que de renoncer à mon bien,
à ma vie, je les briserais tous !

— Même au risque de compromettre,
de perdre à jamais cette existence plus précieuse que la vôtre ?

— A tout risque, à tout prix ! Est-ce que
ma vie ne vaut pas la sienne ?

— On voit bien, dit-il, que vous n'aimez
pas.

Elle garda le silence et parut réfléchir...
Peut-être se demandait-elle s'il n'avait pas
raison, si vraiment elle avait aimé. Enfin,
relevant la tête :

— Ainsi vous partez ? fit-elle de nouveau.

— Je pars. Veuillez dire à Mme Vandelle

que demain, à la première heure, j'aurai quitté cette maison... Dites-lui que malgré le déchirement de mon âme, j'emporte son souvenir comme un frais parfum, comme un rayon divin. Dites-lui que je pars, parce que je la veux pure, honorée, sainte à tous les yeux; que je m'en vais en la bénissant, sans plainte, sans murmure... J'en mourrai peut-être, mais j'expirerai sans regretter mon sacrifice, en lui envoyant le dernier souffle de mes lèvres, la dernière tendresse de mon cœur.

Il ne parlait plus, et elle l'écoutait encore, étonnée, stupéfaite des paroles qu'il venait de prononcer, des sentiments si nouveaux pour elle qu'il avait exprimés.

17

VIII

Olivier, au bout d'un instant, rompit le silence, et, se rapprochant d'Esther :

— Maintenant que nous avons réglé, dit-il, la situation de Mᵐᵉ Vandelle et la mienne, nous allons, si vous le voulez bien, mademoiselle, nous entretenir un instant de vous.

— De moi ?

— Oui, de vous, qui, chargée de m'engager à partir, à quitter ce pays, avez essayé tout à l'heure de m'y retenir.

— Moi, j'ai essayé...

— Sans doute. Ne venez-vous pas de dire qu'aucun obstacle ne pourrait vous

séparer de l'homme aimé, que vous les
briseriez tous, à tout risque, à tout prix?
C'était me dire : Restez.

— Vraiment! Et pourquoi vous aurais-
je retenu? demanda-t-elle. Que m'importe
votre présence ou votre absence?

— Beaucoup. fit-il d'une voix ferme, et
en fixant sur Esther son clair regard. Si
je pars, Mme Vandelle échappe à tous les
dangers, et vous guettiez sa chute.

— Moi! moi! s'écria-t-elle, étonnée, pâle.
Que signifie, monsieur? De quel droit
m'accusez-vous ainsi? Pourquoi m'insultez-
vous? Dans quel but, je vous prie, guette-
rais-je la chute de Mme Vandelle?

— Dans le but, dit-il, de séparer à jamais M. Vandelle de sa femme et de vivre
avec lui.

— Monsieur!

Il ajouta, sans se départir de son calme :

— Vous m'avez cru, mademoiselle, trop
amoureux pour y voir clair. Vous vous
êtes trompée... Qui vous êtes? je l'ignore.
D'où vous venez? peu importe. Aviez-vous
quelque secret dessein en vous introduisant
dans cette maison? Je ne suis pas édifié à
ce sujet... Mais il est certain que vous avez
fait sur M. Vandelle, dès votre arrivée ici,
une vive impression. Il est certain aussi
qu'il ne vous est pas indifférent... Ne niez
pas, je sais à quoi m'en tenir... J'ai tout
de suite compris que M™ Vandelle allait
courir un danger entre vous deux, et c'est
pourquoi j'ai voulu une place dans l'usine,
c'est pourquoi je suis ici... Je pars aujourd'hui parce qu'elle me l'ordonne; mais
vous allez partir avec moi.

— En vérité, s'écria-t-elle, vous disposez
ainsi de ma personne?

— Non, c'est vous qui allez en disposer,

do votre plein gré, par votre propre volonté... Vous ne vous connaissez pas vous-
même ; je vais vous apprendre à vous
connaître.

— Voyons, fit-elle en regardant plus
curieusement encore celui qui venait en
quelque sorte de se métamorphoser, de se
révéler.

IX

Il reprit d'une voix assurée, mais douce,
pénétrante :

— Vous avez été, mademoiselle, adulée,
gâtée, dans votre enfance et votre première
jeunesse. Vous étiez si jolie, si belle,
qu'on vous aimait, qu'on vous admirait,
sans songer à vous préparer une vie hono-

rable et honorée. Plus tard, vous avez dû aimer à votre tour, mais un de ces hommes, pour lesquels le cœur de la femme n'existant pas, la matérialisent et l'abaissent. Vous avez beaucoup souffert par cet homme, et vous n'avez plus eu qu'une pensée : vous venger!

Elle tressaillit, mais elle ne fit pas un geste, elle ne dit pas un mot.

Il continua :

— Quelle vengeance avez-vous rêvée dans un moment d'affolement, de colère peut-être : c'est encore ce que je ne sais pas au juste. Mais, depuis deux mois, depuis le jour où l'on m'a donné une place ici, je vous observe, j'épie tous vos gestes, tous vos regards, et j'affirme que, sans avoir eu le courage d'abandonner vos desseins, vous en avez honte, vous rougissez de vous, vous souffrez.

Elle restait impassible, la tête baissée, le regard fixe.

— Aujourd'hui, reprit Olivier avec plus de douceur, comme s'il parlait à un malade, aujourd'hui vous souffrez plus que vous n'avez jamais souffert : celle que vous haïssiez autrefois, que vous vouliez sacrifier à vos ressentiments, s'est montrée, avec vous, affectueuse et bonne ; elle vous a traitée en amie... Ces marques de sympathie vous ont touchée... et votre cœur, déjà moins endurci, s'est un peu attendri... Mais, je l'ai compris à certaines paroles que vous avez prononcées tout à l'heure, quelque chose a fait sur votre esprit une impression plus vive encore : Mᵐᵉ Vandelle souffre par son mari ; elle a été froissée par lui, humiliée, meurtrie... et cependant, loin de songer à tirer vengeance de tels procédés, elle se sacrifie pour que l'honneur de celui dont

elle porte le nom ne coure aucun danger,
pour qu'il n'ait pas à souffrir par elle...
Elle m'aime, vous n'en pouvez douter, vous
le savez depuis longtemps, et elle m'éloigne
d'elle... Quant à moi, au lieu de résister
à ses ordres, malgré ma douleur, je me
soumets... Sa conduite et la mienne vous
ont profondément étonnée... Notre façon
de comprendre l'amour, le devoir, le dévouement, ont achevé d'émouvoir votre âme
déjà flottante, tourmentée. Vous avez fait
un retour sur vous-même, et je me trom-
perais fort si vous n'étiez pas sur le chemin
de Damas, si la grâce n'avait pas lui pour
vous... Voilà ce qu'à mon tour je désirais
vous dire, mademoiselle.

Il la salua et sortit sans qu'elle eût prononcé une seule parole.

X

Un quart d'heure après, tandis qu'elle était toujours assise à la même place, des pas résonnèrent dans la salle à manger, voisine du petit salon. C'était Vandello qui rentrait, à la suite d'une chasse infructueuse sans doute, car on n'avait entendu aucune détonation. Il n'avait pas encore dîné et se fit servir aussitôt sans monter chez lui, se contentant de déposer dans un coin son fusil encore chargé.

Ce repas solitaire dura cependant une heure. Depuis quelque temps, Vandello se complaisait à table encore plus qu'autrefois; il essayait d'y oublier ses infortunes, et à

17.

l'aide d'un vin capiteux, de remplacer la réalité sombre par un rêve azuré, de vivre dans le passé, surtout dans l'avenir, puisque l'heure présente lui était funeste.

Lorsque son plantureux repas fut terminé et que pour se plonger plus avant dans la béatitude du rêve, il eut absorbé un demi-carafon de kirsch, il alluma un cigare et se dirigea vers le petit salon, où il espérait faire commodément sa sieste et s'étaler sur son grand divan de prédilection : Vandelle appréciait tous les raffinements du bien-être et du confort.

Il fut tout étonné de trouver dans le salon Esther assise près du feu, songeuse, plongée dans ses méditations. Il la croyait depuis longtemps remontée dans sa chambre et n'espérait pas un tête-à-tête avec elle. S'il l'avait su là, si près de lui, peut-être ne se serait-il pas éternisé à table, aurait-il montré quelque discrétion envers sa cave. Il l'avait si peu ménagée qu'il se sentait hors d'état de soutenir une conversation brillante, de profiter de sa bonne fortune. Il doutait tellement de lui, de ses facultés intellectuelles, de ses aptitudes galantes, qu'il dut se résigner à garder le silence, à imiter le mutisme d'Esther, à vivre près d'elle de la vie contemplative. Il prit sa place habituelle sur le divan, s'y installa de son mieux, appuya sa tête sur un coussin, plaça un autre coussin sous ses reins, étendit un peu les jambes et alluma un nouveau cigare.

Cette soirée ne manquait pas de charmes : elle lui rappelait en partie celles qu'il passait au temps de ses amours rue de Sèze, dans l'appartement d'Esther. Il était alors, comme aujourd'hui, seul avec elle, étendu, dans un boudoir bien clos, à l'abri des importuns, et il la contemplait, il l'admirait, sans mot dire, de longs instants.

Mais alors, à ces éloquents silences, succédaient des entretiens encore plus éloquents. Il ne restait pas toujours seul à sa place; elle venait parfois l'y rejoindre, le remercier de sa muette admiration. Aujourd'hui, elle ne prenait pas garde à la direction de ses regards; leur ardeur ne la touchait pas, elle se montrait indifférente à leur fixité.

Il arriva un moment cependant, où, par suite d'un phénomène magnétique qu'on ne peut nier, l'obstination de ce regard fixé sur elle força enfin Esther à lever les yeux.

Elle vit Vandelle la face empourprée, l'œil brillant, plein de convoitise, les narines grandes ouvertes, la lèvre rouge. Avec ses larges épaules, son cou bronzé

par le vent et le soleil, court, fort, puissamment veiné ; avec ses cheveux noirs,
pressés, touffus ; sa barbe abondante, in-
culte maintenant, Vandelle rappelait le
faune de la statuaire antique, celui auquel
l'art grec a su laisser, sous les apparences
robustes, une certaine élégance de forme.
C'était le type accompli de la sensualité,
mais d'une sensualité athénienne, parisienne et mondaine.

Elle pouvait, en ce moment, l'observer à
son aise. Forte de l'attitude réservée qu'il
gardait, de l'espèce de léthargie dans laquelle le plongeait sa demi-ivresse, elle
n'avait pas à se préoccuper de se mettre
en garde contre lui. Aussi lui apparaissait-
il tel qu'il était, dans toute sa matérialité.

Et voilà tout ce qu'elle était parvenue à
lui inspirer. L'amour qu'il ressentait, le
grand amour qu'on éprouvait pour elle, se

résumait dans un seul mot : la possession.

Il ne voyait que cela, il n'aspirait qu'à
cela, il ne convoitait nulle autre chose. Un
corps, et c'était tout.

Ah ! quelle distance séparait cet amour
physique de l'autre amour, le vrai celui-là,
qu'Henriette Vandelle inspirait à Olivier
Deschamps ! Ils étaient jeunes cependant
tous les deux, ardents, tous les deux, sains
et vigoureux, mais ils ne se laissaient pas
dominer par la matière, envahir par la
sensualité. Leur cœur les gouvernait, ils
l'écoutaient battre, et le bruit de ses battements étouffait toutes les rumeurs qui
grondaient en eux, les ennoblissait, les
préservait de toute souillure. Lui, il l'aimait, il se savait aimé d'elle et il était
prêt, cependant, à tous les sacrifices. Elle
l'aimait, elle aussi, et dans la crainte de

le lui laisser voir, de s'attendrir près de lui, elle l'éloignait et se condamnait aux mêmes renoncements.

Quelle démarcation entre Olivier Deschamps et Vandelle, et quelle barrière la séparait elle-même d'Henriette! Car elle interrogeait sa conscience; elle se demandait si elle valait mieux que son amant. N'avait-elle pas développé ses désirs, irrité ses sens, mis les plaisirs charnels au-dessus de toutes les jouissances intellectuelles? La femme n'a-t-elle donc pas une mission à remplir auprès de l'homme aimé : parler à sa raison, à son âme, ne pas lui laisser faire une si longue part aux sensations, tenir compte des sentiments, les grandir, les élever; faire en sorte que son amour, tout ardent qu'il soit, l'ennoblisse et le purifie!... Mais au temps de leur liaison, elle s'oubliait si complétement dans ses bras, qu'elle ne songeait ni à interroger son cœur ni à laisser parler le sien.

Et voilà ce qu'il était devenu : attendant le retour des plaisirs passés, épiant l'heure où elle s'humaniserait, de marbre redeviendrait chair, où la glace se fondrait. Il n'avait pas d'autre objectif : le monde pouvait s'écrouler, les yeux fixés sur elle, attendant l'heure propice, il ne s'en apercevrait pas.

Et voilà ce qu'elle était devenue elle-même ! Elle n'avait, pour se venger de lui, trouvé qu'une chose : le mortifier dans sa chair !

Ah ! ils se valaient. Elle se disait même qu'elle valait peut-être moins que lui. N'avait-elle pas conçu l'odieux projet de se venger aussi de cette pauvre Henriette ? Si la malheureuse souffrait, en ce moment, de son amour pour Olivier, si elle était désespérée, brisée, n'était-ce pas Esther qui lui avait infligé ce nouveau supplice? Mlle Sandraz n'avait-elle pas exigé qu'Olivier entrât dans la maison, fût en rapport constant avec elle? N'avait-elle pas attisé leur amour? Vandelle, lui, ne doutait pas de sa femme; il croyait à sa vertu, et, sans être criminel, il avait pu l'exposer au danger, persuadé qu'elle n'y succomberait pas. Mais elle, Esther, elle avait cru, au contraire, à une chute prochaine; elle l'avait désirée, elle l'avait préparée.

Et quelle grande leçon lui donnaient ces deux honnêtes gens! Olivier, qu'elle mêlait à sa vengeance sans avoir à se plaindre de lui, qu'elle confondait dans le même martyre, Olivier qui semblait avoir découvert ses secrets desseins, au lieu de l'accabler, de la menacer, avait fait appel à ses bons sentiments, l'avait plainte, avait trouvé des

excuses à ses fautes, presque à ses crimes
projetés, et partait en lui confiant celle
qu'elle voulait perdre. Quant à Henriette,
elle l'avait prise pour confidente, pour
amie, elle s'était réfugiée en elle, et, afin de
rester ferme en sa vertu, elle chargeait Esther du soin de la protéger.

Tout un monde de pensées bouillonnait
dans son cerveau, elle revoyait toute sa
vie : la maussaderie et les caprices de son
enfance, les excentricités de sa jeunesse,
ses irréflexions, ses légèretés, son oisiveté,
son amour du bruit et de la foule, sa mère
qu'elle n'avait pas assez longtemps pleurée,
Vandelle qu'elle avait aimé trop vite, sans
se donner la peine de l'étudier, sa chute
trop brusque, ses amours malsaines, ses
rêves déçus, sa vengeance sans dignité,
brutale vis-à-vis de Vandelle, injuste, criminelle vis-à-vis d'Henriette, et main-

tenant sa défaite, sa confusion, sa honte.
Ceux qu'elle avait voulu frapper lui échappaient ; ils l'accablaient de leur générosité
et de leur vertu. Ils s'élevaient si haut, si
haut, au-dessus d'elle, qu'elle ne pouvait
plus les atteindre ; ils s'envolaient dans
des régions qui lui étaient interdites.

Seul, Vandelle lui restait. Il ne s'élevait
pas de terre celui-là ; il rampait là, sur le
sol. Elle pouvait encore le faire souffrir,
lui jeter un regard provocant, l'appeler
d'un signe, et pour l'exaspérer, redevenir
femme de glace. Quelle infamie !

Elle pouvait aussi ressusciter le passé,
là, dans ce salon, sous ce toit, dans la
maison d'Henriette. Quelle honte !

XI

Et pendant qu'elle songeait ainsi, Vandello, toujours étendu, le cigare aux lèvres, ne cessait de la regarder. Il se disait que si Esther, qui le fuyait d'ordinaire, qui évitait tout tête-à-tête, demeurait là près de lui, à cette heure, c'est qu'elle commençait à s'humaniser, et que bientôt, ce soir peut-être, elle aurait pitié de lui et d'elle.

— Ah ! je ne veux plus rester ici, s'écria tout à coup Esther en se levant, je partirai demain !

Il s'attendait si peu à cette phrase, qu'il fit un brusque mouvement et se redressa tout d'une pièce, comme s'il avait reçu une violente secousse.

— Partir ! répéta t-il, que signifie... que dites-vous ?

Elle l'avait rejoint, et d'une voix ferme, décidée, elle disait :

— Oubliez-moi, il en est temps encore.

— T'oublier ! fit-il sans comprendre, en essayant de recouvrer ses esprits troublés par l'ivresse.

— Oui, oublie-moi... Je suis venue ici pour me venger de toi, mais je t'aimais toujours... je crois que je t'aimais, car, sans cela, n'aurais-je pas depuis longtemps renoncé à ma vengeance, chassé ton souvenir... Tout ce que j'ai dit, tout ce que j'ai fait, mon ironie, mes résistances, ma froideur, ce n'était que mensonge... Je te voulais du mal, beaucoup de mal, je t'aurais tué avec bonheur, mais je souffrais, moi aussi, en te faisant souffrir; lorsque je m'immobilisais dans tes bras, lorsque je devenais marbre et statue, je souffrais autant que toi, plus que toi peut-être... Mais j'ai honte de moi. Je ne veux plus te voir! Je veux partir, je veux partir... adieu.

Elle se dirigeait déjà vers la porte lorsqu'il s'élança vers elle, et lui saisissant les bras avec ses deux mains, la clouant sur place :

— Partir! s'écria-t-il, partir... quand tu viens de m'avouer que tu m'aimais encore, tu es folle!

— Je ne sais pas, fit-elle, c'est bien possible.

— Partir, continua-t-il, hors de lui. Je ne te le permettrai pas... Je suis fort maintenant contre toi... J'ai pu croire un instant, en te voyant si froide et si cruelle, que tu n'avais plus que de la haine... Maintenant, je sais que tu m'aimes, que tu luttes comme moi et tu voudrais...

Elle l'interrompit. Pendant qu'il parlait, elle s'était rendu compte de la faute qu'elle avait faite : l'aveu qui venait de lui échapper dans un moment de franchise, parce qu'elle était lasse et écœurée de la comédie jouée si longtemps, fortifiait, en effet, Vandelle, l'armait contre elle. Aussi, d'exaltée qu'elle était tout à l'heure, redevint-elle calme, froide.

— Je vous ai dit que je voulais partir, fit-elle, d'une voix assurée.

— Et moi je t'ai dit, s'écria-t-il, que je ne te le permettrai pas.

— Qu'oserez-vous donc ?

— Tout.

Et il l'attirait dans ses bras, il la serrait contre sa poitrine.

— Laissez-moi, fit-elle en se défendant.

— Te laisser ? quand depuis si longtemps j'attends et j'espère... Te laisser
partir, pour rester ici plus misérable, plus
désespéré que jamais !

— Ah ! vous me faites peur.

— Non, puisque tu m'aimes.

— Non, non ! J'ai cru que je vous aimais lorsque je suis revenue ici, mais je
ne vous aime plus... je ne vous aimais
pas... Est-ce que c'était de l'amour ?

Un bruit de pas se fit entendre dans la
pièce voisine : les domestiques, avant de
se retirer dans leurs chambres, venaient
fermer les persiennes du rez-de-chaussée.
Vandelle fut obligé de s'éloigner d'Esther.
Elle profita aussitôt de sa liberté pour
courir vers la porte, l'ouvrir et disparaître.

XII

Mlle Sandraz, en quittant Vandelle, traversa vivement le vestibule du rez-de-chaussée, et gravit l'escalier pour gagner sa chambre située au second. Mais, comme elle venait de s'engager sur le palier du premier étage, une porte, entre-bâillée depuis un moment, s'ouvrit doucement et Henriette apparut.

Esther, comprenant que Mme Vandelle désirait s'entretenir avec elle, la rejoignit après s'être assurée que personne ne pouvait la voir.

— Eh bien! fit Henriette à voix basse, il est venu, vous lui avez parlé?

8

— Oui, madame.

— Qu'a-t-il dit?

— Qu'il était désespéré, mais qu'il vous obéirait.

— Ah!... et quand part-il?

— Demain, à la première heure.

— Sans me revoir? fit-elle douloureusement.

— Vous avez désiré qu'il ne vous revît pas et j'ai dû lui demander de votre part ce dernier sacrifice.

— Et il le fait! dit Henriette. Ah! pour le récompenser, c'est moi qui devrais avoir le courage d'aller lui dire adieu.

Ces dernières paroles firent tressaillir Esther : aller dire adieu à Olivier, à cette heure de la soirée, au bout du parc, dans le pavillon qu'il occupait seul... et tandis que Vandelle était en bas, qu'il pouvait la voir passer. Quelle imprudence!

Mais elle se rassura bientôt : Henriette
n'était pas capable d'une telle folie... Elle
avait voulu dire sans doute qu'elle pourrait,
qu'elle devrait se trouver le lendemain matin sur le passage d'Olivier, au moment de
son départ. Du reste, Mᵐᵉ Vandelle, après
l'avoir remerciée avec effusion, et, dans un
élan dont elle ne fut pas maîtresse, l'avoir
serrée sur son cœur, venait de rentrer dans
sa chambre.

Esther, rassurée et tout étourdie de cette
nouvelle marque d'affection, quitta le palier
et monta chez elle.

XIII

Pendant ce temps, Vandelle, seul dans
le petit salon, se livrait à ses réflexions. Il

avait ouvert la porte qui communiquait avec la salle à manger, se promenait de long en large et n'interrompait sa marche que pour faire quelques stations devant une cave à liqueurs restée sur la table.

Esther lui avait annoncé son prochain départ! Pourquoi partait-elle, puisqu'elle venait de se trahir, puisqu'elle avait avoué enfin que son amour, sa passion l'avait ramenée auprès de lui?... Elle disait, il est vrai, qu'elle ne l'aimait plus; mais, grâce à sa fatuité, Vandelle croyait savoir à quoi s'en tenir sur ce point : c'était, suivant lui, la tentative désespérée d'une femme qui veut reprendre son secret après l'avoir livré.

Elle l'aimait! elle l'avait toujours aimé! Il n'en pouvait pas douter, et cependant elle partait. Pourquoi?

Parce qu'elle avait fait un rêve insensé:

Henriette, en relations constantes avec Olivier Deschamps, allait inévitablement s'éprendre du compagnon de son enfance et sans tarder, comme s'il s'agissait de la chose du monde la plus simple, manquer à tous ses devoirs, devenir criminelle. Alors, Vandelle, à qui rien n'échappait, qui n'était pas un de ces maris aveugles que l'on peut tromper impunément, aurait aussitôt connaissance des faits et se séparerait à tout jamais de sa femme.

C'était nécessairement, toujours d'après lui, le but poursuivi par Esther, non pas comme elle le disait, dans un sentiment de vengeance, mais par amour, par jalousie, pour reconquérir la place qu'on lui avait prise, pour n'avoir plus de rivale.

En effet, Esther Sandraz, pensait son ancien amant, devait souffrir cruellement de voir auprès de Vandelle une femme

18.

jeune et des plus jolies. Il avait beau dire
qu'il ne l'aimait plus, qu'il ne l'avait jamais
aimée, que leurs relations étaient des plus
froides et qu'elles n'existaient même pas,
Esther pouvait en douter et ce doute la tor-
turait. Elle avait une certaine science de
la vie : elle n'ignorait pas que les hommes,
tout amoureux qu'ils soient d'une maîtresse,
ne se considèrent pas comme obligés d'infliger à leur femme légitime un célibat
complet. Souvent même, ils se croient
tenus à d'autant plus d'amabilité qu'ils
sont plus coupables; ils éloignent ainsi
les soupçons et persuadent à celle qu'ils
trompent qu'elle est seule aimée.

Mais, si la femme légitime, dédaigneuse
de la déférence de son mari, soupçonnant
sa trahison, malgré les précautions prises,
cherche une diversion à ses chagrins dans
une liaison illicite et commet une faute, le

mari reprend immédiatement sa liberté, chasse l'infidèle, ou du moins rompt toute relation avec elle.

C'était évidemment sur une rupture de ce genre, continuait à se dire Vandelle, qu'Esther avait compté. Elle se montrait bien modeste en cette circonstance, car elle pouvait certainement espérer mieux: Vandelle n'était pas homme, le jour où il saurait sa femme criminelle, à se contenter d'une rupture, d'une séparation amiable ou légale... A cette pensée, qu'Henriette pouvait le tromper, il oubliait lui-même qu'il n'avait qu'un désir, qu'une aspiration, qu'un but en ce moment: la tromper elle-même. Il devenait furieux, et, armé du code, si sévère pour les femmes, si indulgent aux maris, il songeait à se faire prompte et bonne justice.

Mais il n'en était pas là heureusement:

Henriette, malgré les prévisions d'Esther,
n'avait pour Olivier Deschamps qu'une
bonne amitié. Henriette, malgré les torts
de Vandello, n'aimait que son mari, ne pouvait aimer que lui. C'était impunément
qu'il avait donné à Olivier Deschamps
une place dans la fabrique et un logement
dans le petit pavillon Louis XIII, au fond du
parc.

Et, après avoir agité toutes ces pensées,
avoir fait toutes ces évolutions, il en revenait à son point de départ: Esther obligée
de reconnaître qu'elle s'était méprise sur
le compte d'Henriette, obligée de s'incliner
devant la vertu inattaquable de madame
Vandello, Esther vaincue, plus amoureuse
que jamais, mais décidée à n'admettre aucun
partage, cédait la place à sa rivale et voulait
fuir le pays.

Mais il la retiendrait de force; ou bien,

si elle voulait absolument s'éloigner, il la suivrait !

XIV

Pendant qu'il songeait ainsi, il crut entendre un bruit de pas dans l'escalier; on semblait marcher doucement sur la pointe des pieds.

Un domestique n'aurait pas pris tant de précautions, et, du reste, depuis une heure, les domestiques s'étaient retirés dans une aile du château, indépendante de celle occupée par les maîtres.

Si c'était Esther Sandraz qui se ravisait et qui venait le rejoindre !

Il écouta.

On traversa le vestibule du rez-de-chaus-

sée ; puis les pas s'éloignèrent. On se dirigeait maintenant vers la porte ouvrant sur
le parc.

Qui sortait à pareille heure, par ce froid
glacial, par cette obscurité?

Il courut à la lampe posée sur la cheminée et l'éteignit. Puis il s'avança vers une
croisée et regarda.

Bientôt une forme humaine se dessina
dans l'allée la plus voisine. Aucune étoile
au ciel ne l'éclairait, mais la neige étendue
sur la terre et les feuilles des arbustes,
faisait un fond blanc d'où semblait ressortir la personne qui marchait au milieu
de l'allée.

C'était une femme couverte d'un grand
manteau de forme anglaise et d'un capuchon
noir... Il tressaillit... Il avait reconnu le
costume qu'Henriette portait depuis le commencement de l'hiver:

Où allait-elle donc?

Au loin, à cent mètres du château, on voyait de la lumière. Le pavillon habité par Olivier Deschamps était encore éclairé, et Henriette venait de prendre le chemin qui y conduisait.

Quoi! Au moment où il s'énorgueillissait de sa vertu, où il la portait aux nues, il découvrait tout à coup... Oh! c'était impossible! Esther ne pouvait avoir raison... Ce n'était pas Henriette qui sortait ainsi nuitamment, lorsqu'elle croyait tout le monde endormi au château, pour se rendre chez son amant.

Il regarda encore; c'était bien elle!

Alors, hors de lui, affolé, encore sous l'empire de sa première ivresse qu'il avait entretenue toute la soirée, il saisit son fusil de chasse, déposé, deux heures auparavant, sur la table de la salle à manger, ouvrit une porte et s'élança dans le parc.

XV

Cependant Vandelle, malgré son égarement, faisait preuve d'intelligence, de sang-froid dans sa poursuite. Au lieu de prendre l'allée dans laquelle Henriette venait de s'engager, et de s'exposer à être aperçu si elle se retournait tout à coup, il s'était jeté dans un sentier perdu dans les massifs et qui devait le conduire directement au pavillon habité par Olivier.

A quelques pas de ce pavillon, il s'arrêta. Henriette n'était pas encore arrivée.

Mais elle s'approchait : dans le grand silence de la nuit, on entendait la neige durcie crier sourdement sous ses pieds.

Vandelle, caché par un tronc d'arbre, comme un chasseur à l'affût, attendait.

Enfin, elle arriva, et toujours enveloppée dans son manteau, encapuchonnée, elle marcha vivement vers la porte.

Elle essaya de l'ouvrir, mais cette porte était fermée. Alors, sans hésiter, comme une personne attendue, désirée, elle frappa.

Un bruit se fit entendre dans la pièce du rez-de-chaussée; la lumière changea de place. On ouvrit les volets.

Derrière la porte vitrée, Olivier apparut, une lampe à la main.

En un instant la porte s'ouvrit et sere ferma sur Henriette.

19

XVI

Que se passa-t-il dans l'âme de Vandelle ?
La jalousie seule vint-elle l'étreindre ?

Ne pensa-t-il qu'à son honneur outragé ?
Ou bien, en ce moment, Esther lui apparut-
elle, provocante, superbe, lui criant : « Elle
a pris ma place, je veux prendre la sienne...
je veux être ta femme... Tu la surprends
en flagrant délit, dans le domicile de son
amant, la loi t'absoudra si tu la tues,
tue-la ! » Nous ne résoudrons pas cette
question ; nous suivrons seulement Vandelle.

Il quitte son refuge, il traverse l'allée
qui le sépare du pavillon ; il s'approche
de la porte.

Mais on a repoussé les volets; il ne peut voir.

Alors, tenant son fusil de la main droite, appuyant le canon sur le bras gauche qui est en avant, un doigt sur la détente, il fait lentement le tour du pavillon, il cherche une croisée ouverte à défaut d'une porte.

Tout est fermé; que va-t-il faire?

Non. Un volet extérieur n'est qu'entre-bâillé.

Il s'est approché; il le tire doucement à lui, sans bruit.

Il voit maintenant : elle lui tourne le dos, mais elle est là, debout près d'Olivier.

Alors il se courbe, met un genou dans la neige, appuie le canon de son fusil sur le rebord de la fenêtre, près de la vitre, ajuste et tire.

XVII

Le substitut Raynal, après avoir interrogé plusieurs ouvriers de la fabrique et
s'être fait donner quelques renseignements
par Vandelle, s'était transporté, on s'en souvient, au village.

Il ne put échapper au dîner que voulurent
lui offrir M. et Mme Fourcanade ; mais, à
huit heures précises, il se rendit à la mairie
et reprit l'enquête relative à l'homme que
l'on avait trouvé pendu sur le territoire de
la commune.

Malheureusement, la plupart des habitants de G..., convoqués par lui, ne
paraissaient pas disposés à faciliter ses

travaux nocturnes; il ne put, en prenant place devant son bureau, s'empêcher d'en faire la remarque :

— Il faut avouer, monsieur le maire, dit-il avec amertume, que vos administrés mettent peu d'empressement à m'apporter leurs témoignages.

— Mon Dieu! monsieur le substitut, fit Fourcanade sans se troubler, mes administrés sont pour la plupart à la foire de Saint-Béat, et vous comprenez...

— Oui, continua Raynal, je comprends que cette instruction ne marche pas. J'avais cependant donné le temps désirable pour réunir les personnes que je voulais interroger.

— Monsieur le substitut, j'ai mis en campagne, immédiatement, toute la gendarmerie.

— Vous appelez cela toute la gendarmerie! Ils sont deux hommes ici ; vous n'avez que deux gendarmes dans la commune!

— Oh! pour ce qu'ils font! murmura Fourcanade ; avec des administrés doux comme des moutons...

— Des moutons qui commettent des crimes, dit Raynal.

— Des crimes, eux! Mais, monsieur le substitut, cet homme s'est suicidé. Vous vous donnez bien du mal pour...

— Monsieur le maire, reprit Raynal d'un ton sévère, je suis seul juge de ma conduite, et je vous dispense de la commenter. Quant à l'homme dont vous parlez, j'attendrai le rapport du médecin expert pour me prononcer. Du reste, n'y aurait-il qu'un suicide, le suicide n'est-il pas un crime?

Tout à coup il s'arrêta.

— Quel est ce bruit? demanda-t-il.

— Quel bruit?

— Là, de ce côté?

— Ah! dans l'armoire, dit tranquillement le maire. Ce n'est rien. Ils se battent.

— Qu'est-ce qui se bat, que contient cette armoire?

— Les attributs de la mairie, monsieur le substitut... Des drapeaux de toutes les couleurs et de toutes les époques, des bonnets phrygiens, des fleurs de lys en carton et en zinc, des coqs gaulois, des aigles, et surtout une magnifique collection de bustes en plâtre : Louis XVI, Marie-Antoinette, Robespierre, Marat, le Directoire au complet, puis Bonaparte, Napoléon Ier, Louis XVIII, Charles X, Louis-Philippe, le général Cavaignac, le prince Napoléon président, Napoléon III empereur, Trochu, Jules Favre, M. Thiers...

—Assez, assez, monsieur le maire, fit

Raynal, je connais mon histoire,... Et pourquoi gardez-vous tout cela?

— Pour l'instruction morale et politique de la jeunesse du pays, monsieur le substitut. Deux fois par mois, le maître d'école conduit ici sa classe; il ouvre l'armoire à deux battants et il dit : « Chers élèves, voici
« le panthéon de la commune. Voici les
« gloires de la France. Car ces gens-là ont
« été plus ou moins décorés du nom de sau-
« veur, ou de bien-aimé... et maintenant,
« ils sont obligés de se cacher dans une
« armoire. *Sic transit gloria mundi...*
« Que leur vue vous apprenne à vous mé-
« fier de la popularité et des honneurs qui
« vous attendent certainement dans le
« monde. Mais, en même temps, respec-
« tez tous ces plâtres, époussetez-les avec
« ardeur; nous en aurons besoin un jour.
« Ce vieux buste entouré de toiles d'arai-

« gnées est peut-être destiné à ressortir de
« l'armoire et à reprendre sa place dans la
« grande salle de la mairie. La commune
« n'est pas riche; elle n'a pas le moyen
« d'acheter tous les deux ou trois ans de
« noúveaux plâtres; il faut qu'elle se con-
« tente de son vieux fonds. Heureusement
« que nous en possédons un assortiment
« complet. » Ce petit discours est de moi,
monsieur le substitut; je le fais apprendre
par cœur aux différents maîtres d'école et
ils le répètent à leurs élèves.

— Je vous adresse tous mes compli-
ments, monsieur le maire, vous êtes un
philosophe.

— En politique, oui, je l'avoue, monsieur le substitut, je n'ai pas de passions...
mais dans la vie privée, dans la vie domestique, je me rattrape... Ah! les femmes,
monsieur le substitut!

19.

— Prenez garde, monsieur le maire, votre secrétaire vous écoute.

— Je n'ai pas besoin de me gêner avec lui, il me connaît!... Ah! j'entends la gendarmerie.

— Ce n'est pas malheureux! fit Raynal, en reprenant son air solennel. On va me remettre enfin le rapport que j'attendais.

Puis, s'adressant au gendarme qui restait respectueusement sur le seuil de la porte:

— Mais approchez, approchez donc, lui dit-il.

Le gendarme posa sur le bureau une lettre que Raynal s'empressa de décacheter.

— Aucune trace de coups et blessures, murmura-t-il bientôt, les yeux fixés sur le rapport du médecin, aucune violence... Cette mort ne peut être attribuée qu'au suicide.

— Parbleu! fit Fourcanade triomphant.

Le substitut s'était levé, digne, froid, et, s'approchant de son greffier :

— Ajoutez, je vous prie, lui dit-il, cette pièce à votre procès-verbal, et partons. C'était bien la peine de me déranger, ne put-il s'empêcher d'ajouter.

— Mais ce n'est pas moi qui vous ai appelé, monsieur le substitut, répliqua le maire, c'est vous qui avez voulu venir. Il n'y a rien à faire pour vous dans ma commune. Je le répète : tous honnêtes gens, de vrais moutons.

Au moment où il prononçait ces mots, on entendit dans le lointain une détonation.

— Qu'est-ce que cela? fit Raynal en relevant brusquement la tête... Un coup de feu!

— Dans la direction du château, ajouta

le maire étonné. Personne ne chasse cependant à pareille heure.

— C'est un meurtre alors! s'écria le substitut.

Et, s'adressant au gendarme que son confrère avait rejoint :

— Courez, courez vite, fit-il. Puis, il se tourna vers Fourcanade et lui dit ironiquement : ·

— Eh! eh! monsieur le maire, cette commune-modèle... ces moutons!

— Mon Dieu! fit le malheureux Fourcanade, cette fois un peu troublé, c'est peut-être un accident, un simple accident. Un chasseur qui aura déchargé son fusil en rentrant chez lui.

— A dix heures du soir, en hiver, n'est-ce pas? quitte à effrayer tout le pays, reprit Raynal. Si cela était, vous auriez dû déjà verbaliser contre ce chasseur. Mais quelque

chose me dit qu'il s'agit d'un fait grave..:
Quelle est cette rumeur?

XVIII

Le village de G... semblait, en effet,
depuis un instant, sorti de son engourdis-
sement et de sa torpeur. Cette détonation
éclatant tout à coup dans la nuit, par ce
temps de neige, où tous les bruits sont plus
distincts, et dans ce pays de montagnes,
répercutant les sons à l'infini, avait causé
quelqu'émoi parmi les habitants. Tous ceux
qui veillaient encore étaient sortis de leur
demeure et s'étaient dirigés, comme il
arrive toujours en pareil cas, vers la place
publique.

On s'interrogeait, on parlait, on discutait, lorsqu'un homme, marchant à grands pas, traversa la place, passa près des différents groupes et entra dans la mairie.

Tous l'avaient reconnu : c'était le propriétaire du château et le maître de la fabrique. C'était Vandelle.

Il apportait évidemment quelque nouvelle; on le suivit.

Mais la curiosité des habitants de G... fut trompée. Dès qu'il eut pénétré dans la salle où le substitut, son greffier et le maire étaient réunis, Vandelle s'avança vers Raynal et manifesta le désir d'être seul avec lui.

— C'est trop juste, fit le substitut; que tout le monde s'éloigne. Vous aussi, monsieur le maire, vous aussi... et surveillez, je vous prie, votre commune-modèle, ajouta-t-il ironiquement, pendant que je m'occupe ici des crimes qu'on y commet.

Fourcanade, dont la curiosité était cependant éveillée, crut devoir obéir et s'éloigna comme ses administrés.

Vandelle resta seul en présence de Raynal et du greffier, qui rangeait des papiers sur le bureau.

— Vous êtes tout défait, monsieur Vandelle, fit le substitut, dès que la porte fut refermée, vous êtes pâle, vous paraissez agité. C'est donc bien grave... Qu'avez-vous à me dire? Voyons...

— J'ai une déclaration à vous faire.

— Au magistrat ?

— Oui, au magistrat.

— Ah ! c'est différent !

Il fit signe au greffier, qui allait s'éloigner, de rester, puis il s'assit devant son bureau, et, se croisant les bras :

— Parlez, monsieur, dit-il.

— Un meurtre, commença Vandelle, vient d'être commis chez moi.

— Un meurtre! un meurtre! répéta Raynal; et sur la personne de qui, ce meurtre?

— Sur la personne de ma femme.

— Comment! Mme Vandelle! Expliquez-vous vite, monsieur. Le magistrat doit procéder par ordre et avec calme, mais l'ami a le droit d'être ému. Comment! Mme Vandelle!... Et qui soupçonnez-vous de ce crime? Qui l'a commis?

— Moi! fit Vandelle à voix basse.

— Vous dites?

— Je dis que c'est moi qui ai tué ma femme, murmura-t-il.

— Vous! c'est impossible! Et pourquoi? comment?

Il répondit d'une voix tremblante, en jetant autour de lui des regards troublés :

— J'étais amoureux ! j'étais fou !... Ah ! qu'elle m'a fait souffrir !

— M⁻ᵉ Vandelle.

— Hein ! Quoi ? M⁻ᵉ Vandelle... fit-il étonné, comme si ce n'était pas d'elle qu'il parlait.

Il se remit un peu et reprit :

— C'est juste... vous voulez savoir... Eh bien, j'ai reçu chez moi, depuis quelque temps, un jeune homme, Olivier Deschamps, un ami, un camarade d'enfance de ma femme... Ils ont été élevés ensemble... C'était elle... elle... qui m'avait poussé à le prendre chez moi... Elle m'avait fait entrevoir... que sais-je ? Je vous l'ai dit, j'étais fou.

— Continuez, fit le substitut... et arrivez au dénoûment... Nous reprendrons les détails plus tard... Ce soir, que s'est-il passé ?

— Ce soir? Ce soir... j'avais eu une scène avec elle... elle m'avait annoncé son départ... Je la voyais à tout jamais perdue pour moi, et, je vous l'ai dit, je l'adore ! je l'adore !

— Essayez de recouvrer votre calme, monsieur. Ce soir, disiez-vous, Mme Vandelle...

— Ah ! oui... Mme Vandelle traverse le salon où je me trouvais... elle semble se cacher... elle descend dans le parc... je la suis... elle se dirige vers un pavillon habité par Olivier Deschamps... Je me glisse dans un massif... elle entre... Olivier la rejoint et la fait entrer chez lui... Ils sont à côté l'un de l'autre... ils se parlent bas... Alors, je me souviens de ce qu'elle m'a dit... de ce qu'elle m'a promis... Je ne songe plus qu'à mon amour, à ma passion... j'arme le fusil que je tenais à la main... je fais feu... j'entends un cri horrible... et alors je me sauve... et je viens ici me livrer.

Raynal regarda le greffier, qui comprit la pensée de son chef, et, des yeux, désigna un code ouvert sur la table. Pour ces deux hommes de loi, l'affaire, comme elle se présentait, perdait une grande partie de sa gravité : Vandelle se trouvait protégé par le code pénal, à l'article des excuses.

Mais sa déclaration ne pouvait suffire ; il fallait faire une instruction sérieuse, et le substitut décida qu'il se transporterait immédiatement sur les lieux où le crime avait été commis.

XIX

On se mit en route pour se rendre au

château. Le substitut marchait en tête avec son greffier, le maire venait ensuite, accompagné de son adjoint et Vandelle les suivait, morne, abattu, chancelant.

Les gendarmes avaient reçu l'ordre de le laisser en liberté, sans cependant le perdre de vue; ils remplissaient consciencieusement ce devoir, tout en maintenant à distance les habitants de G... qui essayaient de se mêler au cortége.

Il y avait quelque chose de sinistre dans cette longue file d'hommes, marchant silencieusement par cette nuit sombre, sur ce chemin couvert de neige.

Plusieurs tentatives de Fourcanade pour causer avec Raynal avaient été inutiles; le jeune substitut, plongé dans ses réflexions, restait insensible à toutes les avances du maire. Deux courants d'idées opposées se heurtaient en ce moment dans

son esprit : d'une part, le magistrat encore
à ses débuts, heureux d'être appelé à
instruire une affaire qui le mit en évi-
dence, ne pouvait s'empêcher de regretter
que Vandelle, dans le cas présent, fût
légalement *excusable ;* d'autre part, l'honnête homme, l'homme de cœur que l'on
trouve toujours en France derrière le
magistrat, était tenté d'innocenter un de ses
semblables, et se réjouissait de rencontrer
seulement un malheureux là où il avait
pensé d'abord trouver un criminel.

Lorsqu'on eût atteint la grille du parc,
on marcha directement vers le pavillon
habité par Olivier Deschamps.

Des domestiques, des ouvriers de la
fabrique erraient dans les allées ou formaient des groupes près de la maison : une
grande animation régnait de toutes parts.

Tandis que Vandelle restait près de la

porte entr'ouverte, avec les gendarmes et les habitants de G..., le substitut, suivi de son greffier et du maire, pénétrèrent dans la pièce du rez-de-chaussée.

Une lampe et quelques sarments qu'on venait de jeter dans la cheminée, éclairaient à peine cette grande pièce et les différentes personnes qui y étaient réunies.

Au fond, en face de la porte d'entrée, un groupe composé d'Olivier Deschamps, de quelques serviteurs et d'un médecin qu'on était allé chercher en toute hâte à Montréjeau, s'était formé autour d'un divan sur lequel reposait la victime de Vandelle.

Raynal, après avoir promené ses regards de tous côtés, fit un mouvement pour se diriger vers ce groupe. Mais Olivier s'en détacha et marcha vers lui.

— Vous venez sans doute, lui dit-il

d'un ton animé, mettre l'assassin en présence de sa victime ?

— Monsieur, répondit le substitut d'une
voix sévère, je vous engage à ne pas vous
servir d'épithètes que moi-même je n'ose-
rais pas employer. Le mot assassin est
d'autant plus déplacé dans votre bouche
que vous avez été le complice de cette
malheureuse femme, que vous avez armé
son mari contre elle, et que vous avez été
la cause première de ce terrible drame.

Plus maître de lui, mais élevant la voix
pour que tout le monde l'entendît :

— Vous commettez une grande erreur,
monsieur, dit Olivier, mais elle est des
plus naturelles. Vous n'avez entendu jusqu'à présent que M. Vandelle... Il a cru
voir sa femme sortir du château et se diriger vers le pavillon que j'habite; il s'est
dit aussitôt, sans se demander si elle ne

venait pas simplement faire ses adieux à un ami d'enfance qui partait le lendemain, il s'est dit : « Elle est coupable, je vais la tuer... La tuer pour reconquérir ma liberté et vivre avec celle que j'aime... » Il ne s'est souvenu ni de l'honnêteté, ni de la pureté de sa femme, qui devaient la préserver de tout soupçon, ni de ses torts personnels qui auraient suffi pour innocenter la malheureuse, et, de parti pris, sans colère peut-être, certainement sans jalousie, il s'est fait assassin!

A son tour, Raynal éleva la voix :

— Je vous répète, monsieur, dit-il, que vous n'avez pas le droit d'être aussi sévère envers un homme que vous avez outragé... Le rôle d'accusateur ne vous appartient pas.

— Soit! monsieur, reprit Olivier. Je n'accuserai plus; c'est elle qui accusera.

Il se retourna, s'élança vers le groupe formé dans un coin du salon, saisit par le bras une personne agenouillée devant le divan, l'entraîna du côté de Vandelle et la plaçant en face de celui-ci :

— Regarde, assassin ! lui dit-il.

Vandelle poussa un cri d'effroi : Henriette, qu'il croyait avoir tuée, se dressait comme un spectre devant lui.

XX

Le jeune substitut, malgré ses efforts pour ne paraître surpris d'aucun événement, n'avait pu, en cette circonstance, dissimuler son étonnement.

— Mais alors, fit-il, en désignant Hen

riette Vandelle, madame n'était donc pas
ici, au moment où...

— Madame, reprit Olivier, en l'interrompant, était dans sa chambre lorsque le
coup de fusil a été tiré... Ses domestiques
l'y ont trouvée, lui ont appris le crime et
elle a voulu les suivre pour donner des
soins à celle qui se mourait.

— Quelle est donc la victime... la personne que tout le monde entoure et que je
ne puis pas voir ? demanda Raynal.

— C'est Claire Meunier, répondit
Olivier ou plutôt Esther Sandraz, l'ancienne maîtresse de Vandelle! Oui,
celle qu'il avait abandonnée, trahie,
s'est introduite dans cette maison en
qualité d'institutrice et sous un faux
nom... Elle voulait se venger de lui, le faire
souffrir, car il l'aimait, il l'aimait toujours... Peut-être, elle aussi, l'aimait-elle

encore, et rêvait-elle de prendre la place
de la femme légitime, de chasser celle-ci.
Mais conquise par Mme Vandelle, par
sa droiture, sa franchise, sa bonté, elle a
renoncé à ses desseins, elle en a compris
toute l'horreur... Ce soir, sachant que je
partais, craignant qu'Henriotte, mon amie
d'enfance, ma sœur, ne voulût me dire
adieu, redoutant une violence, une surprise
de Vandelle, elle s'est décidée à me prévenir... Trompé par un vêtement qu'elle avait
trouvé dans le vestibule du château et re-
vêtu à la hâte, Vandelle l'a prise pour sa
femme, l'a suivie jusqu'à ce pavillon, et
pendant qu'elle me parlait, qu'elle se con-
fessait, qu'elle demandait pardon à Dieu, il
a lâchement tiré sur elle.

— Est-elle morte? demanda Raynal.

— Non, mais le médecin désespère de la

sauver et elle n'a pas repris connaissance depuis une heure.

— Alors c'est un crime... Je tiens enfin un vrai crime! ne put s'empêcher de murmurer le jeune substitut.

En même temps il s'approchait des gendarmes et leur donnait à voix basse l'ordre de s'emparer du meurtrier.

XXI

Vandelle comprit sans doute cet ordre, car au moment où les gendarmes allaient le saisir, il fit un bond en arrière, franchit le seuil de la porte, repoussa les gens groupés devant le pavillon, s'élança dans le parc et, protégé par la nuit, disparut.

Alors, d'un mouvement unanime et spon-
tané, les paysans et les serviteurs, réunis
devant le pavillon, se mirent à la poursuite
du fugitif. L'homme, quel qu'il soit, a des
instincts de chasseur, il se ressent de ses
premières origines : il court après tout ce
qui s'enfuit. Il se souvient des temps primitifs où, nu, sans armes, dénué de tout, il
luttait d'agilité avec les animaux nécessai-
res à sa subsistance. Aujourd'hui, il ne
court plus après le gibier, mais, emporté
par un élan irrésistible, il s'élance à la
poursuite de son semblable, dès que celui-ci
lui en fournit l'occasion. Si, dans nos rues,
sur nos boulevards, un homme se met à
courir, aussitôt, dix, vingt, trente personnes dont le nombre va toujours grossissant,
courent après lui, sans savoir pourquoi,
par besoin de courir, par instinct de chasseur.

20.

Mais, en suivant leur penchant naturel, les habitants de Montréjeau subissaient aussi d'autres influences : Vandelle n'était pas aimé. On le trouvait indifférent à tous les intérêts de la commune, peu secourable, dur et violent; on lui en voulait d'avoir dédaigné longtemps son pays, et lorsqu'il y était revenu, de s'être affranchi de toutes les bonnes œuvres familières à son père. On adorait, au contraire, Henriette de Loustal, qu'on avait vu toute petite, qu'on avait connue enfant, puis jeune fille, et qui, devenue femme, s'était toujours montrée d'une inépuisable charité.

Et c'était l'enfant du pays, celle que les vieux guides se souvenaient d'avoir autrefois portée dans la montagne, celle que le paysan voyait depuis si longtemps à l'église, pieuse et recueillie, que son

mari avait essayé de tuer et qui lui était
échappée par miracle ! On voulait la venger,
on voulait punir Vandelle de ses dédains,
de ses duretés et on courait après lui
furieusement, fièvreusement.

Mais la nuit était obscure ; il pouvait
disparaître. Alors on se munit de lan-
ternes, on alluma les torches de sapin
en usage dans la montagne, on se dis-
persa de tous les côtés, on essaya de
former un grand cercle autour du fugitif ;
une battue en règle fût organisée. Le
tambour du village se mit de la partie et
fit entendre des roulements prolongés, et
le sacristain de la petite église de G...,
réveillé en sursaut par les cris et croyant
à un incendie, sonna les cloches à toute
volée. Cette chasse à l'homme, dans cette
nuit, sur cette neige, éclairée par tous ces
feux épars, au milieu de tous ces cris, de

tous ces bruits, était lugubrement pitto-
resque.

Dans le grand salon Louis XIII du pavillon, Henriette, à genoux, priait près
d'Esther Sandraz.

XXII

On ne voyait plus Vandelle. S'était-il
réfugié dans un asile inconnu de tous?
Était-il parvenu à gagner les premiers
chainons de la montagne ? Allait-il échapper à ceux qui le poursuivaient ?

On commençait à se désespérer lorsqu'on
entendit de grands cris du côté de la gare
de Montréjeau. C'étaient les employés du
chemin de fer qui signalaient le fugitif aux
autres groupes épars dans les environs.

Alors on accourut de toutes parts ; le cercle se rétrécit, on enserra Vandelle dans des limites plus étroites. Il ne pouvait plus se jeter de côté sans rencontrer un ennemi et, en même temps, les torches, réunies sur un seul point, l'éclairaient de leurs feux rougeâtres et fumants.

Il apparaissait dans son costume de chasse, avec ses longues guêtres, grand, larges d'épaules, courant toujours droit devant lui, se détachant dans la neige, puissamment.

Il semblait épuisé et, par instant, on voyait ses genoux fléchir. Ceux près de qui il passait et qui n'osaient l'arrêter dans sa course, dirent le lendemain qu'ils avaient entendu sa poitrine haleter, qu'il sortait de sa gorge des sons rauques, que tout en courant, il gesticulait, il pensait tout haut, il criait comme un fou.

Il l'était peut-être devenu, après toutes
les émotions de cette nuit, ainsi traqué,
ainsi poursuivi comme une bête fauve, et
avec cette idée fixe qu'il était le meurtrier
d'Esther, d'Esther qu'il adorait.

Tout à coup, aussi comme les fous qui
interrompent leur marche et reviennent sur
leurs pas, il s'arrêta brusquement et jeta
des regards épouvantés autour de lui.

On aurait pu le rejoindre en ce moment,
s'emparer de lui, le terrasser. On n'osa
pas : il paraissait encore effrayant de force
et d'énergie. Le cercle s'élargit au contraire.
Tous ces hommes réunis, armés de fusils,
de gourdins ou de longs bâtons ferrés,
avaient peur de cet homme désarmé.

Il regardait dans la direction du château ;
il essayait sans doute de découvrir dans la
nuit noire le pavillon où se mourait Esther.
Peut-être songeait-il à fendre tous les

groupes qui l'entouraient, à rentrer chez lui, dans son parc, à courir vers le pavillon, à pénétrer dans le salon du rez-de-chaussée, à revoir Esther une dernière fois et à mourir près d'elle.

Mais la foule devenait plus compacte ; tous les gens isolés s'étaient réunis. Les timides s'étaient fortifiés auprès des braves ; les guides de la montagne, ces inconscients de tout danger, s'avançaient en petites troupes, pas à pas, l'un derrière l'autre, sans hâte mais sans peur, comme au jour des ascensions périlleuses.

Il eut un éclair de raison : il comprit qu'on allait s'emparer de lui, le livrer à la justice comme assassin, qu'on ne le laisserait pas s'approcher d'Esther, et qu'il aurait fait une tentative inutile. Alors il se retourna et reprit sa course, cette fois vers la Garohhe.

XXIII

Il suivait maintenant la route qui conduit de la gare au pont de Montréjeau.
Soit qu'il fût résolu de fuir et de tout braver pour y parvenir, soit que le suicide lui
fût apparu comme son seul refuge et qu'il
voulût mourir sans retard, il courait plus
alerte, plus vigoureux que jamais, sans
regarder derrière lui, sans s'inquiéter des
cris, se tenant au milieu de l'avenue, à
égale distance des arbres et des maisons.

Bientôt il s'engagea sur le pont.

Mais il ne devait pas le parcourir dans
toute son étendue.

Une grande partie des habitants de Montréjeau, réveillés depuis une heure par les

bruits qui montaient de la plaine, avaient quitté les sommets de leur ville et s'étaient dirigés vers le pont. Ils formaient à l'une de ses extrémités une masse compacte que le fugitif ne pouvait franchir.

Il vit aussi en se retournant qu'il ne pouvait plus revenir sur ses pas : tous ceux qui l'avaient poursuivi jusqu'alors, s'étaient réunis en un seul groupe, et sur la rive occidentale, fermaient l'autre extrémité du pont.

Il se trouvait étroitement prisonnier : sous lui, à droite et à gauche, la Garonne; derrière lui et devant lui une foule hostile, menaçante, hurlante.

Alors, traqué de toutes parts, perdu, affolé, désespéré peut-être, il s'élança vers le parapet du pont, le gravit, et après avoir jeté un dernier regard à l'horizon, il se précipita dans le fleuve.

21

XXIV

Le lendemain, aux premières lueurs du jour, on découvrit son cadavre à deux kilomètres de Montréjeau ; le courant l'avait traîné toute la nuit sur les cailloux, heurté contre les roches, broyé dans sa course.

Le substitut vint, accompagné du maire et de ses deux gendarmes, constater le décès. Cette tâche accomplie, on entendit Raynal murmurer ces mots : « J'ai enfin trouvé un crime, mais je n'ai plus de criminel ».

Dans la journée, un chirurgien de Toulouse, appelé par dépêche, après avoir longuement étudié les blessures d'Esther Sandraz, déclara qu'il pourrait peut-être la sauver.

XXV

Cet espoir n'a pas été déçu. La science chirurgicale a remporté une nouvelle victoire : Esther est aujourd'hui guérie.

C'est Henriette qui l'a soignée avec un dévouement à toute épreuve, comme une véritable sœur de charité. Mais elle ne se tient pas pour satisfaite : après avoir guéri le corps, elle veut purifier l'âme, et tout porte à croire qu'elle y parviendra.

. . . .

Aux élections qui ont suivi le 16 mai, Fourcanade, grâce à d'heureux carambolages, est arrivé à faire triompher le candidat officiel. Mais son député ayant été invalidé, toutes ses sympathies se sont portées instantanément sur un républicain recommandé par le nouveau sous-préfet, et à la suite d'une partie de dominos, il a remporté une nouvelle victoire politique.

C'est probablement lui, qui toujours ferme au pouvoir, cramponné à tous les gouvernements, éternellement ceint de sa vieille écharpe, mariera, dans quelques mois, Olivier Deschamps à Henriette de Loustal.

FIN.

Paris-Imp. PAUL DUPONT, 41 rue Jean-Jacques-Rousseau. 923, 6-78.

POLÉMIQUE

IMPÉRIALISTE

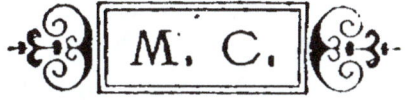

M. C.

PARIS

LIBRAIRIE GÉNÉRALE

Dépôt central des éditeurs

OULEVARD HAUSSMANN, 72, ET RUE DU HAVRE

—

www.ingramcontent.com/pod-product-compliance
Lightning Source LLC
Chambersburg PA
CBHW070304030726
47505CB00004B/902